10
18
12, AVENUE D'ITALIE. PARIS XIIIe

Sur l'auteur

Philippe Besson est l'auteur de *En l'absence des hommes*, *Son frère* (porté à l'écran par Patrice Chéreau), *L'Arrière-Saison* (grand prix RTL-Lire), *Un garçon d'Italie*, *Les Jours fragiles*, *Un instant d'abandon* (les droits de ces trois derniers romans ont été cédés pour le cinéma) et *Se résoudre aux adieux*. Ses livres sont traduits en dix-sept langues. Son dernier roman, *Un homme accidentel*, a paru en 2008 aux éditions Julliard.

PHILIPPE BESSON

SE RÉSOUDRE AUX ADIEUX

10
18
JULLIARD

ISBN 978-2-264-04687-1

À mes amours anciennes,
les seules qui durent.

Je ne te parlerai que de cette écriture qui me délasse, et qui n'est pas rentable, que je perds aussitôt, que tu peux brûler comme il te plaît. Tu ne m'as rien demandé et voilà que je te catapulte des mots, dans l'attente de tes mots à toi, qui ne me parviennent pas.

Hervé GUIBERT,
Les Aventures singulières.

La Havane

Clément,

J'ai décidé de t'écrire, plutôt que rien.

Plutôt que rester là, comme ça, dans le silence.

Que je te dise : je me suis honnêtement, sérieusement essayée au silence, je l'ai endossé comme on se glisse dans un vêtement, je m'y suis livrée comme on accepte une astreinte. Je l'ai fait d'abord pour moi, ne t'y trompe pas, c'était un choix égoïste, même s'il m'a coûté. En fait, j'ai pensé que cela me sauverait. Mais le rien-dire ne sauve pas, enfin disons que, moi, il ne m'a pas sauvée. Je crois même qu'il m'a enfoncée un peu plus dans la tristesse, le chagrin. Pour être tout à fait honnête, il m'a dévastée parce qu'il est peuplé d'images, le silence, de souvenirs impossibles à chasser, telles ces mouches importunes qui tournent autour du visage, qu'on tente d'éloigner avec de grands mouvements des bras, et qui toujours reviennent. Et puis, dans le silence, on est sans défense : les assauts n'en sont que plus blessants.

Alors maintenant, j'essaie les mots, ça ne pourra pas être pire. Qui sait si, en parlant, je ne vais pas me délester de la douleur entassée ? Un peu.

Pourquoi t'écrire *à toi*, me diras-tu ? Mais parce que des paroles sans destinataire ne sont pas vraiment des paroles. Sans écho, elles se perdent. C'est comme si elles n'avaient jamais existé. C'est écrire au vent, au désert, à l'abîme. Si personne ne m'écoute, autant continuer à me taire. Quelqu'un doit m'écouter. Et qui mieux que toi ?

Oui, qui mieux que toi ?

Je vais t'appeler par ton prénom.
Clément.
Je ne peux plus dire : « mon amour », ou des choses approchantes, toutes ces expressions niaises qu'on emploie sans en percevoir le ridicule et qu'on répète à l'envi au point de leur ôter leur signification. Tu serais embarrassé si je disais : « mon amour », de toute façon. Tu prétendrais que je ne suis pas guérie.

Un aveu : je ne suis pas guérie. Mais les malades doivent avoir l'élégance de ne pas indisposer les bien-portants, on leur sait gré de dissimuler leur mal.

Tu me reprocheras ce ton sarcastique, cette ironie sans doute pathétique. Je vaux mieux, assurerais-tu. Et puis, tu n'aimes pas, en général, les femmes qui se défont, qui s'égarent. Tu préfères celles qui se tiennent, et montrent de la dignité, une rigueur. Ne t'inquiète pas, je suis capable de me montrer digne aussi : simplement, cela me demande quelques réglages préalables, il faut que je fasse des efforts, cela ne me vient pas naturellement.

Je serais ravie d'être de celles qui encaissent les coups sans broncher. J'ai toujours éprouvé de l'admiration pour les personnes qui conservent leur sang-froid en toutes circonstances, restent debout au milieu des champs de ruine et trouvent encore la ressource de secourir les blessés. Je n'ai pas leur courage, hélas, leur détermination, ou leur inconscience. Je suis trop lucide pour ne pas voir les désastres. Et trop fragile pour les regarder sans vaciller.

Oui, je suis une femme qui vacille. Cela ne t'étonnera pas.

Je t'écris de La Havane.

Lorsqu'il s'est agi de choisir un exil, celui-ci m'a semblé approprié. C'était assez simple, au fond : il me fallait un lieu où nous n'étions jamais allés ensemble, pour être certaine de ne pas y croiser nos souvenirs. Si je m'étais rendue, par exemple, à New York, où nous avons tout de même passé deux printemps, toi et moi, tout me serait revenu en pleine figure. Bien sûr, en comparant mes blessures à celles de Manhattan, encore à vif malgré la marche des années, ma peine en aurait été logiquement allégée, un chagrin d'amour personnel ne se mesure pas au deuil collectif, mais je n'ai pas voulu courir le risque de l'indécence : j'ai craint, en effet, que même l'affliction générale ne pèse pas suffisamment face à mon spleen.

Il y a autre chose : je voulais le soleil. J'ai cru comprendre que la misère était moins pénible au soleil. Ici, il est partout. Il recouvre tout. Il rend le dénuement plus supportable. Mais, surtout, il fait la démarche plus lente, le corps plus lascif, la peau plus luisante. Il m'oblige à aller par les rues, munie de lunettes noires, à m'abriter régulièrement sous les parasols des terrasses de café, à faire des haltes. Il me mélange à la foule, puisqu'il fait sortir les femmes et les hommes d'ici qui ne le craignent pas. Enfin, il est une saine fatigue, un épuisement consenti.

Je voulais aussi le décalage horaire, un écart comme une rupture. Une diffraction du temps.

Une différence à nos montres qui accentue encore la distance. J'ai vraiment cru que de trafiquer mon horloge, de ne pas vivre à la même heure que toi, d'être déconnectée de ta réalité me seraient d'un grand secours. Je suis obligée de reconnaître que, sur ce point, je me suis lourdement trompée. Car, sans m'en rendre compte, sans parvenir à m'en empêcher, je me recale en permanence sur toi. Pas une journée ne s'écoule sans que je me dise : quelle heure est-il pour lui ? Et juste après : que fait-il en ce moment ? Qu'a-t-il l'habitude de faire déjà, à cette heure du jour ?

Je voulais un pays dont je ne parle pas la langue. Autour de moi, les paroles devaient être inintelligibles, m'entourer comme un brouhaha ou un murmure, mais ne pas m'atteindre, surtout pas, ne pas s'imprégner. Bien sûr, le quotidien des gens aurait pu me soustraire à mon désarroi. En traversant leurs vies personnelles, j'aurais occulté un peu de la mienne. Mais de partout on reçoit des signes, lorsqu'on est une convalescente : j'avais peur que les mots des amoureux me blessent. Que les répliques ordinaires des couples m'envoient valdinguer. Il fallait des gens qui ne me ressemblent pas, qui ne nous ressemblent pas. Les gens dont on n'entend pas le langage ne nous ressemblent pas.

J'ai bien envisagé d'aller plus au sud, en Argentine, au Brésil. Mais à l'agence de voyages, la jeune femme a su me vanter les charmes de Cuba. À propos de La Havane, elle a eu cette expression : « C'est une ville figée depuis des décennies, et elle part en lambeaux. Mais elle est sauvée par la mer. » Je me suis dit : c'est ce qu'il me faut.

Peut-être les mots qu'elle a employés n'étaient pas tout à fait ceux-là. Pourtant, c'est ceux que j'ai retenus.

Je suis installée à l'hôtel Nacional. Mes fenêtres s'ouvrent sur le Malecón, cette barrière qui protège la route de la mer, la digue contre laquelle les vagues viennent cogner inlassablement, que même les ouragans ne parviennent pas à entamer. Tu as dû en apercevoir des images dans des reportages à la télévision. Ou bien des amis venus en vacances ici t'en ont parlé. C'est le souvenir que tout le monde rapporte, celui qu'on évoque en premier. Une sorte de promenade des Anglais, délabrée et sans vieilles dames.

Je descends y marcher presque tous les jours. Lorsque j'ai vraiment du courage, je pousse jusqu'au port, jusqu'à La Habana Vieja, que je n'aime pas pourtant, qui est infestée de touristes. Mais c'est un but à atteindre. Je ne sais toujours pas évaluer la distance parcourue. Je sais juste qu'il me faut près d'une heure.

J'achève mon périple dans des rues bruyantes, vibrantes, sales, désordonnées, où des voitures américaines déglinguées pétaradent, des chiens faméliques errent, des adolescents accostent les étrangers égarés et des professeurs de salsa aux cheveux gominés proposent des leçons particulières. Alors je suis saisie par une fatigue immense. Je prends un taxi-scooter pour retourner à l'hôtel. Et je m'écroule sur mon lit. Je peux dormir des heures, en plein milieu de l'après-midi.

Le personnel est gentil avec moi. Les femmes de ménage me reconnaissent désormais. Certaines tentent d'engager une conversation, qui tourne court le plus souvent, car elles pratiquent mal l'anglais et je ne fais pas franchement d'efforts pour les comprendre. Et puis, nous n'avons pas grand-chose à échanger, que des considérations sur la météo du jour. Il est presque toujours question de *calor*. Je souris en acquiesçant. Ce n'est presque rien, mais parfois ce sont les seules paroles que je prononce de la journée.

Elles respectent ma solitude, même si elle leur paraît manifestement étrange. Elles ont dû avoir un peu peur de moi au tout début. Maintenant, elles me tiennent pour une originale parfaitement inoffensive. Je ne suis pas une originale mais comment le leur expliquer ?

Tout de même, leur amabilité me déroute. Il me semble si souvent – c'est un effet de ma paranoïa – être une personne faite pour les coups.

Je passe beaucoup de temps au jardin de l'hôtel, sous les palmiers. Je reste là, assise dans des fauteuils profonds, sirotant les *mojitos* que les jeunes serveurs du Visto al Golfo m'apportent sans que j'aie besoin de les commander. Ils ont un air soumis, les serveurs, mais il ne faut pas s'y fier : ils ont l'insolence de leurs vingt ans et, pour les Occidentaux oisifs, un mépris discret que je trouve très sain. Je suis protégée par les canons Krupp encore disposés sur leur affût et supposés défendre la baie contre les agressions extérieures. Cela m'amuse de songer, dans l'état de demi-sommeil où me plonge l'abus de rhum, que, si tu venais ici, tu serais accueilli par des canons, mais tu ne viendras pas. Et, de toute façon, ce sont des protections dérisoires.

J'ai pensé qu'en m'installant ici, même pour quelques semaines seulement, j'apprendrais à ne plus t'attendre. Que j'en terminerais avec l'attente de toi. Oui, j'ai pensé : ici, il ne viendra pas, non, aucun risque, personne ne frappe à ma porte, je vais donc cesser de sursauter. Et puis, mon téléphone ne fonctionne pas, je n'ai pas souscrit l'abonnement nécessaire, je suis inatteignable. Pas de courrier non plus, pas l'angoisse de la boîte aux lettres qu'on ouvre, de ces enveloppes où jamais ne figure ton écriture. Je n'ai dit à personne où je me trouvais, sauf à Jeanne qui est chargée de rassurer ceux qui me cherchent, sans leur révéler ma cachette. Pas de visite impromptue à prévoir. Il n'arrivera rien, ni personne, et surtout pas toi. Voilà, je me suis arrangée pour que tu n'arrives pas. Ainsi, je peux espérer recouvrer un peu de tranquillité, un peu de sérénité. Au moins, me débarrasser de cette affreuse fébrilité, comme du sale espoir. J'en suis là. Ne me juge pas trop vite.

Ce n'est pas rien, tu sais, de m'efforcer de ne plus t'attendre. Quand j'y songe, je me rends compte que j'ai passé le plus clair de notre temps à cela, t'attendre. J'ai d'abord attendu que tu me remarques, alors que ton regard glissait sur moi sans jamais s'y fixer. Puis que tu veuilles bien faire un pas vers moi, juste un pas en avant, ce n'était pas difficile, pourtant cela t'a pris du temps. Tu m'as avoué après coup que je t'impressionnais alors, que j'étais le genre de femme qui tient à distance, sans avoir besoin d'un geste. Je n'y ai jamais vraiment cru mais je me suis gardée de te le dire. Plus tard, je t'ai attendu chez moi, dans l'appartement de la rue

Campagne-Première, j'enfilais des robes claires et légères, dont je changeais trois fois avant que tu surgisses enfin, essoufflé et penaud, t'excusant pour ton retard, et pour le peu de temps que tu aurais à me consacrer. Une autre femme t'attendait, elle aussi, dans Paris. Tu irais la rejoindre après moi. Elle était entrée dans ta vie, deux ans plus tôt. Elle s'imaginait y être la seule. J'ai attendu que tu la quittes, que tu tiennes ta promesse de la quitter. Pourtant, moi, je ne t'avais rien demandé. C'est toi qui, un jour, sans prévenir, avais proposé cela. Je t'avais écouté sans rien répondre. J'aurais sans doute dû exprimer ma joie, te féliciter pour ce sacrifice. Tu escomptais des bravos, des encouragements, une récompense. Je ne voyais pas les raisons de te les donner. Un soir, tu t'es présenté en disant juste : c'est fait. Je t'ai laissé entrer dans l'appartement, je t'ai enlacé, tu désirais que je te serre fort, j'ai serré du plus fort que j'ai pu, cela n'a pas suffi. Quelques semaines plus tard, tu retournais au bercail. Là, j'aurais pu décider de ne plus t'attendre. Jeanne me conjurait de renoncer à toi. Je ne l'ai pas écoutée. J'étais amoureuse encore, prête à tout te pardonner. J'ai recommencé à t'attendre. Je n'avais pas entièrement tort puisque tu es revenu. Mais tu as fini par repartir. Cette fois, tu as pris soin de préciser que tu ne reviendrais pas. J'étais convaincue que tu te tiendrais à ta décision. Cela ne m'a pas empêchée de persister à croire en ton retour. J'y ai cru pendant près de six mois. Et puis, je me suis envolée pour La Havane.

Tout de même, sache que je t'ai aperçu une fois dans Paris. C'était plusieurs semaines après notre séparation. Je faisais la queue devant un cinéma, sur le boulevard du Montparnasse. J'étais très en avance, persuadée que la salle serait prise d'assaut pour ce film très attendu. Le long du boulevard, les voitures avançaient puis s'arrêtaient, au rythme du passage au rouge et au vert des feux de circulation. Le taxi à l'arrière duquel tu étais assis a stoppé à ma hauteur. Gêné par un bus débarquant ses passagers, il est resté immobilisé peut-être une minute dans le couloir. C'est long, une minute. Ça laisse le temps d'envisager toutes les hypothèses : tourner les talons afin que tu ne me reconnaisses pas pour le cas où tu obliquerais dans ma direction, te scruter sans te lâcher des yeux dans l'espoir que tu finisses par sentir ce regard insistant, m'approcher du taxi, toquer à la vitre, et puis quoi ? Et puis rien, je n'ai rien fait de tout cela. Ton taxi est reparti, tu ne m'as pas remarquée, j'en suis presque certaine. À la fin, j'ai renoncé à aller au cinéma. Je crois même que je n'ai jamais vu ce film qui me faisait tellement envie.

J'ai écrit : *tu ne m'as pas remarquée, j'en suis presque certaine*. Et, dans ce « presque », bien sûr, il y a la place pour tous les fantasmes, toutes les interprétations, tous les malentendus, toutes les défaites.

Si ça se trouve, toi aussi, tu m'as croisée dans Paris. Si c'est arrivé, en tout cas, tu n'es pas venu vers moi. Je me force à croire que cette éventuelle réticence ne signifie rien : moi-même, en pareille circonstance, après tout, je ne suis pas allée vers toi.

Où en étais-je déjà ? Ah oui, à te parler de La Havane.

D'accord, cette lettre est décousue, désordonnée, assurément mais quoi ? Je n'ai jamais été très disciplinée, n'ayant jamais vraiment su me tenir à mon sujet, il faut toujours que je digresse, me l'as-tu assez reproché. Souviens-toi, tu prétendais que j'étais légère, futile, désinvolte, je ne me souciais de rien, je n'avais pas les pieds sur terre, j'étais parfaitement incapable d'envisager le lendemain. Tu t'amusais de constater que les tableaux n'étaient pas accrochés dans mon appartement, cinq ans après mon emménagement, que je pouvais inviter six personnes à dîner sans songer à leur préparer un repas. Tu me trouvais distraite, inconséquente. Au début, cela t'enchantait. Au bout d'un moment, cela t'a agacé. Ne le nie pas, je m'en suis rendu compte, va. C'est ainsi : je ne suis pas de ces femmes réglées, impeccables, de ces parfaites maîtresses de maison, de ces *executive women* menant plusieurs existences de front, de ces amantes attentives aux détails. Je suis, en effet, plutôt étourdie, et dissipée, inapte à fixer des priorités, à ne pas me laisser déborder. Cette lettre me ressemble : elle déborde, comme le font certaines rivières de leur lit. Au fond, le seul sujet auquel je me suis tenue, c'est toi. Il m'est arrivé de me fixer, tu vois. Ce n'est pas ce que j'ai fait de mieux, apparemment.

Mais donc, La Havane.

Tu imagines sûrement des vieux palaces, des bars légendaires, des places pavées écrasées de soleil, des maisons à colonnes et tu as raison. Mais c'est autre chose aussi : une nonchalance, le jour, presque une lenteur, des rues livrées aux chiens ou aux étrangers et puis, le soir venu, un fourmillement, un grouillement, une frénésie, parce que la fête prend ses quartiers. Sous les arcades, dans les patios, on débusque un peu de fraîcheur, le matin, mais la moiteur l'emporte vite et une blancheur presque insoutenable cogne aux façades des palais lézardés, des maisons décaties, se réverbère sur les trottoirs bancals, l'après-midi. Les nuits sont presque toujours chaudes. Quelquefois, il est impossible de trouver le sommeil. Je me perds facilement dans cette ville rongée par la mer, au long de ruelles dont je ne mémorise pas les noms. Si tu me voyais errer au milieu des ruines, tu ne me reconnaîtrais pas.

Mais m'as-tu connue vraiment ? Que sais-tu de moi, au juste ? Qu'as-tu cherché à savoir ? Si je suis parfaitement lucide, je dois confesser que tu ne t'es jamais véritablement intéressé à moi. Tu m'aimais, oui, mais à ta manière. Avec un peu de distance, sans te livrer complètement, en pensant à l'autre, pas coupable, non, mais soucieux de ne pas te sentir un traître. Tu m'aimais, tu me le disais quelquefois, mais c'était comme une ritournelle, comme le refrain d'une chanson, tu n'y accordais pas plus d'importance que ça. Tu faisais l'amour avec moi, tu aimais mon corps, le creux de mes hanches, le rebond de mes fesses, tu en parlais très bien. Je te dois d'ailleurs de ne plus détester mes fesses, ce n'est pas si mal. Elles sont nombreuses, les femmes qui m'envient.

Moi, je connais par cœur le bouclé de tes cheveux après la pluie, leur finesse. La crevasse de ta joue où se loge une fossette, une seule, et l'amorce de ton sourire. Le triangle qui se creuse entre la naissance de ton cou et la rondeur de ton épaule lorsque tu te penches en avant, et comment la lumière tombe sur ta nuque. Le dessin de ton torse et l'empreinte invisible que des mains fiévreuses qui n'étaient pas les miennes y laissaient. Le plat de ton ventre et les herbes folles courant de ton nombril à ton pubis. La douceur de ton sexe, cette texture de la peau qui ne se retrouve nulle part ailleurs. La maigreur de tes jambes, et comment tu les cachais en portant des pantalons trop grands parce que tu avais honte. Je me souviens de tout, avec une précision effrayante, en dépit des efforts gigantesques que je déploie pour tout oublier.

Je connais la sonorité de ton rire, les inflexions de ta voix, j'étais capable de déterminer quand tu me mentais, mais je ne disais rien. J'ai passé mon temps à ne rien te dire, pour ne pas te blesser, pour ne pas te perdre.

Il faudrait avoir des regrets. Croire que j'aurais mieux fait de me rebeller, mais non, je n'y arrive pas. Si c'était à refaire, je ne changerais rien. Avec toi, quelle qu'aurait été la manière, je n'aurais pas pu échapper à la souffrance, à la pureté éclatante de la souffrance.

Aujourd'hui, tout ce que je fais, c'est pour amoindrir cette souffrance. Toute mon énergie, je la dépense à calmer le mal. C'est pour cette raison, par exemple, que je n'écoute plus *Pierre* de Barbara. J'ai cessé d'allumer la radio pour être certaine de ne plus tomber sur cette chanson. Les rares fois où quelques notes sont parvenues jusqu'à moi, j'en ai été instantanément ravagée. J'étais renvoyée en une fraction de seconde à cette première fois, chez moi, à ce moment où les choses ont basculé, où tu as pris ma bouche, où je me suis lancée dans une aventure qui allait me dépasser. Cette chanson a pour moi, à jamais, le goût de tes lèvres en cette circonstance, et la violence de ton étreinte. Que tu saches aussi : à Paris, je ne commande plus de sushis, c'est ce que nous avions fait, le premier soir, parce que nous étions affamés et épuisés, il était tard déjà et nous ne voulions pas quitter la belle et sensuelle chaleur de la chambre. C'est stupide, penseras-tu, mais c'est ainsi. Ce sont les détails qui me crèvent le plus le cœur, ce sont les choses de presque rien, qui se produisent sans que je les prévoie, surviennent sans prévenir, surgissent dans mon quotidien, qui me mettent à terre. Je ne prends plus le bus 92 non plus, celui qui fait la route entre chez toi et chez moi. J'opte pour d'autres itinéraires, quelquefois plus compliqués, juste pour ne pas retrouver la sensation de ces trajets faits à deux, tandis que je te raccompagnais, avant que tu ne me laisses seule. Je fais des détours. Il y a des livres que j'ai supprimés de ma bibliothèque, ceux que tu prisais, dont nous lisions des passages ensemble. J'aurais trop peur d'apercevoir leur tranche et d'être tentée. Je ne relirai sans doute plus *Le Barrage contre le Pacifique*. Ou alors dans longtemps. Je devrai m'en racheter un exemplaire, en Folio. C'est grotesque, prétendras-tu, mais c'est ainsi.

Ce sont les détails qui me crèvent le plus le cœur.

Tu saisis mieux pourquoi La Havane. Ici, les dangers sont supprimés. Pas de chanson française, pas de sushis, pas de bus 92, pas de Duras. Je ne risque pas la chute à tout moment.

Cela étant, tu ne m'as rien laissé, et c'est aussi bien. Ni lettre, tu détestais écrire, ni photographie, tu refusais de poser devant l'objectif et je n'ai jamais réussi à te voler un moment, une inattention, ni cadeau, tu jugeais cela démodé d'offrir des cadeaux. Si, tout de même, il t'est arrivé de te présenter à ma porte, un bouquet de fleurs à la main. Sans doute parce que les fleurs, c'est périssable, ça ne se conserve pas. Tu n'as pas non plus laissé de vêtement chez moi. Tu aurais pu oublier, par inadvertance, une chemise, un tee-shirt mais non. J'ai longtemps pensé que tu avais tout repris avec toi, l'avant-dernier soir où tu es venu, que tu avais tout emporté. Cela signifierait que ton choix était mûrement réfléchi, ton acte prémédité, que la rupture n'avait pas été consommée dans l'échauffement d'une dispute. C'est une fausse interprétation, en vérité, car tu as toujours pris garde de ne jamais abandonner de trace derrière toi. Il y a bien deux ou trois choses que nous avons achetées ensemble : un vase, une sculpture africaine. Je les ai gardés car tu t'étais contenté de me regarder me les procurer, tu étais demeuré un peu en arrière, comme pour signifier : je ne suis pas concerné par cet élan, ce n'est pas mon histoire. Cette absence d'empreintes m'a blessée dans les premières semaines. J'avais envie de retenir quelque chose de toi, ne serait-ce qu'un parfum, une odeur. Mais, avec le temps, j'ai admis que ce défaut de ta présence était susceptible de m'aider. D'accélérer ma convalescence.

Non, tu ne m'as rien laissé, que la mémoire. La mémoire, elle, freine les convalescences.

Rassure-toi : ce sont de jolis souvenirs, ceux que j'ai choisi de conserver. Ta main dans tes cheveux lorsque mes questions t'embarrassaient, un geste gauche, cette façon que tu as de poser ton index sur ta bouche close lorsque tu réfléchis, l'éclat de ton regard à l'instant où je prononçais des mots d'amour, ce café bruyant du côté de Vavin où tu me rejoignais, des rendez-vous dans des files d'attente de cinéma, des vols en retard aux aéroports, des « je te rappelle » aux portes des ascenseurs, des petits déjeuners désordonnés, des mots accrochés au frigo, des week-ends en semaine, des lettres postées depuis Florence, des pas qui craquent sur le plancher, des désaccords sur Sofia Coppola, des messages laissés sur des répondeurs, des baisers par les vitres des taxis, de la belle solitude, des marques d'oreiller sur la joue, des jeudis après-midi au jardin du Luxembourg, des paroles irréversibles, des gestes adroits, des serments ironiques, et tout ce que j'oublie, ou que je ne peux pas nommer sans pleurer aussitôt.

Et, notamment, ce jour où tu es parti.

Clément, j'ai longtemps cherché les raisons de ton choix final. J'ai longtemps pensé qu'elles étaient obscures, dissimulées, indéchiffrables, qu'il me faudrait de la subtilité, beaucoup de persévérance, celle des mathématiciens, pour les démêler, les décoder. Pourtant, elles étaient fort simples. Tu avais besoin de confort, de certitudes, de repères. Je n'étais pas capable de te les offrir, l'autre femme si. Voilà. J'ai été une parenthèse, un divertissement, une diversion dans le meilleur des cas. Inutile de se creuser la tête davantage. Mais de n'avoir été que cela, et de le savoir, ne rend pas la douleur moins vive, hélas.

On peut l'énoncer autrement : je rêvais d'un amoureux, tu consentais seulement à être un amant.

Comprends-moi : je ne te reproche rien. Loin de moi l'idée de t'adresser des récriminations.

À la fin, tout est ma faute. Quand on déplaît, on doit ne s'en prendre qu'à soi. *Déplaire* est un terme trop fort. Ne pas plaire assez, plutôt. Oui, *ne pas plaire assez* me convient davantage. Ce distinguo me laisse de l'espoir. Un jour, peut-être, je rencontrerai quelqu'un à qui je plairai assez.

Et puis, j'ai vécu une belle histoire. On est forcément reconnaissant à ceux qui nous gratifient d'une belle histoire. Ce n'est pas donné à tout le monde. J'ai été heureuse, vraiment. Heureuse et peureuse, au même moment, cela peut paraître étrange. Et le bonheur est passé. La peur, elle, est restée.

Un dernier mot à propos de l'autre femme, celle contre laquelle j'ai perdu : je suis allée écouter du flamenco hier, dans un bar du Vedado aux allures de tripot, j'ai observé attentivement la danseuse fière et impérieuse occupée à marteler l'estrade, enroulée dans sa robe rouge à fanfreluches, elle m'a fait irrésistiblement penser à Claire, elle ne lui ressemblait pas pourtant, c'était simplement quelque chose dans son attitude, dans sa détermination, dans son aplomb. Je me suis souvenue que j'étais absolument dépourvue de ces qualités et, sans doute, l'ai-je payé au prix fort.

Plus tard,

Je reprends cette lettre où je l'ai laissée tout à l'heure. J'ai eu besoin d'aller au-dehors, de retrouver l'air pollué des rues, cet air encombré par les pots d'échappement des vieilles automobiles américaines, les Pontiac et les Chevrolet dont les banquettes en cuir sont éventrées mais dont les carrosseries sont impeccables et les chromes rutilants. Besoin de me laisser envahir par la chaleur vibrant au-dessus du bitume, collant les vêtements au dos. Besoin de voir des visages superbes sans m'y arrêter, d'entendre des paroles sans en percevoir le sens. C'était ma façon de ne plus être en tête à tête exclusivement avec toi.

Toi, as-tu eu besoin d'une pause également ? Peut-être as-tu abandonné la lecture en cours de route. Peut-être même as-tu jeté l'enveloppe sans la décacheter, quand tu as reconnu mon écriture. En tout cas, si tu es parvenu jusqu'ici, tu dois te demander ce que je cherche en t'écrivant.

Rien.

La réponse est : rien.

Je suis mue par le seul désir d'écrire, de me confronter au blanc de la page, de le noircir, de me persuader encore et toujours que les mots ont une chance de l'emporter sur le silence, les phrases sur le vide. J'écris pour ne pas être tout à fait morte, parce que le mouvement de la main est au moins un mouvement, parce que cette occupation me soustrait à l'ennui, c'est tout. Je n'ai aucun autre objectif, aucun but secret, caché, crois-moi. D'ailleurs, je ne sais même pas si je te l'enverrai, cette lettre. Il est possible qu'à la fin je la referme et la glisse dans le tiroir du bureau de ma chambre. Un touriste finira par la découvrir quand j'aurai quitté les lieux.

Je ne cherche personne non plus, tu me le reprocheras. Cela t'arrangerait que je flirte avec un autre, que je refasse ma vie, pourquoi pas ? Mais j'en suis incapable. Je ne peux laisser aucun homme s'approcher, ni envisager de blottir mon corps contre un corps étranger.

Dans cette ville sensuelle, où les jeunes gens sont si beaux, ce ne serait pas bien difficile de nouer un lien. Il suffirait de s'abandonner, ou de payer. Mais je m'y refuse. Ne te méprends pas : je ne tente pas de te demeurer fidèle, j'ai bien compris que nous ne nous retrouverons pas, que nous ne nous devons rien, mais c'est plus fort que moi. Simplement, tout mouvement vers moi me semble une agression et provoque immédiatement un sursaut, un geste de recul. La solution est peut-être là, toutefois, dans des étreintes, même rapides, dans des relations, même superficielles, dans des commerces, même vulgaires. Ou mieux, je pourrais rencontrer un homme qui me plairait vraiment, saurait me faire rire et me secouerait. Cela doit bien existter. Je suis encore présentable, je crois. C'est trop tôt, voilà tout. À nouveau, je suis condamnée à attendre.

Jeanne me presse de réduire ce qu'elle appelle mon « délai de veuvage ». Elle m'amuse à me dépeindre en veuve. Mais, au fond, elle n'a pas tort. Si tu étais mort, je ne t'aurais pas perdu davantage.

Tu seras content d'apprendre que, pour une fois, elle est ton alliée, qu'elle et toi poursuivez le même objectif. Tu te méfiais d'elle, de son influence. Tu regrettais qu'elle se montre si soupçonneuse à ton endroit. Tu assurais n'être pas le cynique qu'elle dépeignait. Lequel de vous deux était dans le vrai ? Elle, assurément : la suite lui a donné raison. Toi, assurément : le dédoublement n'empêche pas la sincérité.

Je t'ai menti : il y a eu un homme, une fois. Rencontré dans une fête, chez des amis communs qui m'avaient invitée comme on prend soin d'une éclopée. Je me remémore leur pénible sollicitude. Ils avaient une façon de me parler, très lente, comme si j'étais une enfant attardée ou la rescapée d'une catastrophe. Je faisais mine de ne pas le remarquer. Et cet homme a surpris notre conversation. Il s'est approché de moi. Lorsque nous nous sommes retrouvés seuls, lui et moi, il m'a demandé quelle épreuve j'avais traversée pour qu'on s'adresse à moi de la sorte, pour qu'on me tienne pour une handicapée. Cela m'a fait sourire. Je n'ai pas su lui répondre la vérité. Dans l'instant, j'ai inventé un deuil. Il a fait mine de me croire. Plus tard, il a proposé de me raccompagner. J'avais un peu bu, j'ai accepté. Lorsqu'il est entré dans l'appartement, sa seule présence m'a semblé une effraction, un viol. Pourtant, j'ai laissé faire, je ne pouvais rien empêcher. J'ai couché avec lui, cette nuit-là. Il est parti au petit matin, sans demander son reste. Il ne m'a jamais rappelée. Les hommes fuient comme la peste les femmes malheureuses qui se moquent d'eux.

Mais je finirai par y arriver. Simplement il faudrait que je ne tarde pas trop : je serai vieille avant de m'en rendre compte.

As-tu remarqué qu'on plaint les êtres quittés le plus souvent dans le but – illusoire – de se tenir à l'écart de la maladie, leur maladie ? C'est sans doute la peur de leur ressembler qui provoque la sympathie. D'un côté, les épargnés sont bien heureux d'avoir évité la balle meurtrière et, de l'autre, ceux qui s'en sont sortis s'arrangent pour ne pas être touchés à nouveau. Mais, en réalité, on ne plaint pas tant que ça les abandonnés. Leur peine peut même faire plaisir à voir, quand bien même on ne l'avouera jamais, elle donne du relief au bonheur présent. Ce qu'on ressent tout au plus, c'est de la pitié. Normal, les gens quittés sont pitoyables.

On te l'a sûrement signalé : je continue à écrire des articles pour les journaux. Peut-être les lis-tu à l'occasion, va savoir. C'est une occupation comme une autre. Je dispense des conseils que je ne m'applique pas. On me croit sensée et futile. Je l'ai été, pour sûr. Je tâche de m'en souvenir lorsque j'écris. Tout ce que je fais, c'est de mémoire.

Oui, lis-tu ce que j'écris ? Il faudrait pour cela que tu ouvres un de ces magazines où j'officie et ce n'est pas tellement ton genre. Mais peut-être dans la salle d'attente d'un médecin. Ou chez des amis. Ou en traînant à côté du bureau d'une de tes collègues. Ce serait possible, non ? Et alors, que fais-tu ? Te forces-tu à ne pas tourner les pages ? Mais si tu le fais, malgré tout, t'attardes-tu ? Considères-tu une fois de plus que je gâche mon talent, que je perds mon temps ? Ou bien, souris-tu malgré toi ? Puisque je sais être drôle quand je m'en donne la peine. Puisque c'est ce que les lectrices attendent de moi. Cherches-tu un signe de celle que j'ai été, une trace de mes expressions passées, un reste de mes attitudes ? Ou, plus sûrement, ne cherches-tu rien ? À la fin, tu refermes sans doute le magazine dans un mouvement lent de lassitude. Et tu reviens à ceux qui te parlent, à peine distrait. Tu leur souris à demi. Tu as déjà oublié mes mots.

Au fond, tu as raison de ne pas me lire. Tu discernerais immanquablement la tragédie derrière la fausse légèreté.

Si je ne guéris pas, au moins, j'apprends à vivre avec le mal qui me ronge. Le dominant, le plus souvent le tenant à distance, comme on le fait avec un chien enragé qu'on empêche d'avancer en se munissant d'un bâton. Je vais moins mal. Ne te moque pas, c'est un progrès considérable.

Ces mots ne sont pas destinés à t'alarmer ni à susciter ta compassion. Surtout demeure celui que tu es, ne te sens obligé à rien, n'accomplis pas un geste dans ma direction sous prétexte que tu te sentirais vaguement coupable ou que tu me sentirais vaguement défaillante. Ce ne serait pas toi, cet attendrissement, cette indulgence, cette sensibilité. Donc je n'en voudrais pas.

Pour ta tranquillité, sache que j'attends le moment où, comme Sagan, dans *Un certain sourire*, je serai capable de lâcher, avec un beau détachement : « À nouveau, je le savais, j'étais seule. J'eus envie de me dire ce mot à moi-même. Seule. Seule. Mais enfin, quoi ? J'étais une femme qui avait aimé un homme. C'était une histoire simple ; il n'y avait pas de quoi faire des grimaces. »

Louise.

Clément,

J'ai quitté la ville, pour quelques jours. Je me suis éloignée.

Depuis mon arrivée à Cuba, on m'avait inlassablement répété : tu dois te rendre à Trinidad, il est impossible de ne pas voir Trinidad. Alors j'ai loué une voiture. Les routes ne sont pas bonnes. Il faut contourner les crevasses, les béances, éviter les chiens errants, emprunter parfois des chemins soulevés de poussière. Il faut se débrouiller sans panneau indicateur le plus souvent, on n'est jamais sûr de rouler dans la bonne direction, les paysans qu'on interroge donnent l'impression de répondre au hasard, ils ont des gestes épuisés, ils disent toujours : « C'est tout droit. » Mais j'ai fini par trouver, après des heures sous un soleil extravagant, dans la voiture dont la climatisation avait lâché presque tout de suite.

Je suis arrivée, le corps vibrant. J'ai cru m'écrouler.

Les gens de La Havane ont eu raison d'insister. Trinidad est un endroit hors du commun. Qui ne se compare à rien d'autre. D'abord, c'est une ville presque entièrement pavée. Peux-tu concevoir cela ? Je risque de me tordre les chevilles à chaque instant. Je ressemble à ces citadines grotesques qui chancellent dès qu'elles abandonnent le bitume. Les enfants qui jouent au football pieds nus, le pavement n'a pas l'air de les gêner. La vérité, c'est qu'ils n'ont toujours connu que ça. Tout le monde par ici n'a connu que ça. Le temps s'est suspendu il y a si longtemps. Il n'est rien arrivé, sinon le passage lent des décennies. C'est une ville paisible, à l'abri des assauts de la modernité. Elle a toujours été coupée du monde, à ce qu'on m'a rapporté, elle l'est restée. Et je redoute déjà ce qu'elle deviendra lorsqu'elle sera livrée aux bétonneurs, aux marchands.

Dans les ruelles, des vieillards, couronnés de cheveux blancs, certains édentés, jouent aux dames ou aux échecs sur des damiers en carton. Ils n'adressent pas un regard aux étrangers lorsque ceux-ci les frôlent. Rien ne vient les déranger, cela me plaît.

Le dénuement des habitants jure avec le faste de palais flamboyants, avec la profusion des maisons coloniales, c'est frappant. Pourtant, installés sur des fauteuils à bascule, les gens d'ici, qui ne sont ni fortunés ni rancuniers, paraissent contempler les vestiges de la grandeur avec une jolie nonchalance.

J'ai élu domicile sur les hauteurs de la ville, dans un hôtel dénommé Las Cuevas. J'ai ma chambre dans une sorte de bungalow, d'où j'ai la chance de contempler la péninsule d'Ancón. À la réception, une jeune femme m'a signalé, un peu plus loin, à seulement quelques kilomètres, un massif imposant ayant abrité les guérilleros du Che. Pendant qu'elle m'en vantait la beauté, je songeais que je n'irais pas jusque-là. Après tant de route, j'ai surtout envie de repos. Et puis, il est des distances que je ne me sens plus capable de franchir.

Mais il était écrit que je ne trouverais pas le repos.

Tandis que je flânais dans la ville, sans but précis, une diseuse de bonne aventure m'a arrêtée dans la rue. J'ai vainement tenté de me soustraire à sa pression, elle ne voulait plus lâcher ma main, j'ai finalement accepté de la lui laisser, pensant que, de toute façon, je n'entendrais rien à des prédictions faites en espagnol. Manque de chance, elle parlait un français certes imprécis mais tout à fait compréhensible. J'ai pu l'écouter, je n'aurais pas dû.

Je ne crois pas du tout à ces balivernes, tu le sais, à ces considérations farfelues inventées dans l'instant pour soustraire quelques dollars à des touristes hilares ou crédules. J'ai été vexée de devoir leur accorder sinon du crédit au moins de l'attention. Vexée et décontenancée.

La vieille femme au visage de folle, strié de rides profondes, calciné par le soleil, aux mains si maigres où pointaient les os fragiles, s'est lancée dans une explication agaçante sur mes amours perdues et sur mon inaptitude au bonheur. Ses paroles étaient rudes. J'ai d'abord songé que sa mauvaise maîtrise du français était la cause d'une telle rugosité, d'un monologue si abrupt. Et puis, il m'a semblé qu'elle souhaitait me bousculer, me violenter, les termes étaient choisis dans le but de me faire réagir.

D'abord, elle a murmuré : « Le malheur est sur vous. » Dit-on cela à quelqu'un qu'on ne connaît pas ? Est-ce possible, une phrase pareille, pour commencer ? Mon premier réflexe, tu l'imagines, a été de retirer ma main, de tourner les talons. Je n'y ai pas obéi pourtant. Va savoir pourquoi. Puisque j'en étais là, à écouter une charlatane déguisée en sorcière, je pouvais tout aussi bien me plier à son jeu, voilà ce que j'ai pensé sans doute.

Je ne lui ai rien répondu. J'ai mis quelques

secondes avant d'admettre que, de toute façon, elle n'escomptait aucune réponse. Elle était persuadée d'affirmer une vérité incontestable. Elle ne doutait pas de ses visions. Elle était sûre d'elle. Cela émanait de sa personne courbée, cette assurance.

« Oui, vous êtes une femme malheureuse. Ce sont les hommes qui vous ont fait du mal. Un surtout. » Je n'avais pas le cœur à sourire. Je voulais encore croire qu'elle parlait au hasard. Voilà, elle lançait des bouteilles à la mer, se contentait de banalités, de sentences toutes faites, elle aurait pu dire cela à n'importe quelle femme, accrochée à n'importe quelle main. Et cependant, je sentais une boule se nouer dans ma gorge. Je me suis rappelé que, si je ne consulte jamais mon horoscope, c'est parce que je crains, contre la raison, d'y lire l'annonce de mon infortune.

« Il vous a abandonnée, n'est-ce pas ? Il vous a abandonnée pour une autre. » Il m'a semblé que ses ongles se refermaient sur les lignes de ma main, me lacéraient, une plaie aurait pu s'ouvrir, se mettre à saigner. Sa pression est demeurée inchangée, pourtant. C'était dans ma tête cette griffure, cette blessure.

« Et vous, vous essayez de l'atteindre, encore. Vous essayez. Vous vous débattez. » À cet instant, j'aurais voulu qu'elle redresse la tête, fixer ses yeux. C'était devenu insoutenable, ces vérités assenées, et ces mots si justes dans la bouche d'une inconnue ne sachant presque rien de ma langue. J'ai espéré qu'il s'agissait d'une imposture, d'un canular. Je me trompais.

« Ça ne sert à rien. Arrêtez. Ne vous humiliez pas davantage. » Je ne te cache rien, tu t'en rends compte ? Je pourrais passer sous silence ce qui ne me fait guère honneur mais non. C'était tellement troublant, cette manière de me percer à jour, cette brutalité aussi. Et moi, j'ai besoin que tu saches. Que tu saches qu'il existe une femme, sur une île appelée Cuba, une vieillarde racontant notre histoire, la colportant peut-être. Et me conseillant d'y renoncer.

« Vous vous êtes tant et si mal aimés, tous les deux. » La phrase est venue comme un coup de grâce. Tombée comme un couperet. J'ai entendu le bruit de la lame quand, après sa course brève, elle sectionne les nuques. Tant et si mal aimés.

Peut-on viser plus juste ?

J'ai regardé alentour. Il y avait toujours les pavés, les murs effrités, le calme des ruelles, le geste méticuleux des joueurs d'échecs, et la silhouette d'un enfant, huit ans peut-être, un enfant pénétrant dans une maison en me jetant un coup d'œil distrait.

« Je ne sais pas pourquoi vous n'avez jamais vraiment réussi à vous rencontrer. » Elle n'avait pas les réponses, juste les questions. Elle était une voyante qui ne réglait aucun problème, ne fournissait ni explication ni solution. Elle disait juste le malheur. Avec une précision de virtuose.

Oui, Clément, pourquoi en sommes-nous restés aux alentours ? Toi, saurais-tu répondre ? Moi, je suis comme la diseuse de bonne aventure : je vois le malheur et je ne le comprends pas.

Elle a lâché ma main, levé les yeux vers moi. Tu ne peux pas imaginer son accablement, une tristesse irrémédiable. Tu ne peux pas imaginer combien je lui faisais pitié. J'ai pensé : voilà ce que je suis, une femme que l'on plaint, et à qui l'on n'est même pas capable de venir en aide, qu'il faut laisser cheminer vers les désastres. La voyante m'a abandonnée là, sur une place de Trinidad, sans exiger d'être payée. Je me suis demandé si le médecin qui annonce à son patient qu'il est atteint d'une maladie incurable lui fait payer la consultation. Je suppose que non.

Je ne t'épargne rien, n'est-ce pas ? Mais comment demeurer seule avec cet événement, avec les paroles de la vieille femme, qui vont me poursuivre plusieurs jours, j'en suis persuadée ? En te les faisant partager, je me les rends moins lourdes.

Demain, je rentre à La Havane. Je n'y resterai plus très longtemps.

Je t'embrasse.

Louise.

New York

Clément,

Je t'écris à nouveau alors que tu ne m'as pas répondu. Tu disposais de mon adresse, pourtant : elle figurait sur le papier à en-tête de l'hôtel. De toute façon, je me doutais (ou je savais ? allez, je me doutais, c'est moins tragique) que je n'obtiendrais pas de réponse. Évidemment, tu demeurerais muet, tu ne te manifesterais pas. Peut-être, lorsque tu as lu mes lettres, as-tu éprouvé une sorte de tristesse, pas très éloignée de l'indulgence, et peut-être cet étalage de ma névrose ordinaire t'a-t-il un peu atteint. Mais cette compassion, s'il y en a eu, a dû te quitter très vite pour laisser la place à un accablement et à un refus d'entrer dans mon jeu. Tu as dû penser : elle tente de me culpabiliser même si elle s'en défend mais je ne marche pas. Ou bien tu t'es souvenu de nos amours – tu n'as pas pu tout occulter quand même –, il y a eu comme une bouffée, un reflux, mais tu t'es repris immédiatement. Pas question de céder à un chantage affectif. Et tu t'es rappelé que le plus sage est encore de t'en tenir à ta décision (car le silence est une décision, n'est-ce pas ?), de ne pas en dévier. Et puis que m'aurais-tu dit ? La vérité, c'est que tu n'as plus rien à me dire.

Oui, je me doutais que tu ne répondrais pas. Cependant, contre l'évidence, et même contre la raison, je cherchais à n'exclure aucune hypothèse. Sans me l'avouer, je songeais : un courrier de lui est hautement improbable mais pas tout à fait impossible. Tu vois, en dépit de mes affirmations, je n'en ai pas encore terminé avec l'espoir.

Ou, s'il ne vient pas de lettre, peut-être enverra-t-il un signe. Nous avons encore deux ou trois connaissances en commun. Il t'aurait été facile de glisser à l'une d'entre elles, négligemment, surtout pas sur le ton de la confidence : « J'ai reçu des nouvelles de Louise. Elle séjourne à La Havane. » Juste cela. Ton interlocuteur aurait à peine relevé, ne souhaitant pas se mêler de ça, ce passé révolu et toujours dissimulé. Il se serait contenté d'acquiescer, ou aurait marqué un léger étonnement et la conversation aurait roulé sur un autre sujet. Plus tard, cet ami aurait rapporté ton propos à Jeanne, qui n'aurait pas osé me le cacher, trop soucieuse d'honnêteté.

Mais non.

J'ignore comment j'aurais réagi alors. Y aurait-il eu une coulée de bonheur, un soulagement ? Tout mon être se serait-il relâché d'un coup après des mois de tension ? Cela aurait-il été comme un étau qui se desserre ? ou un corps qui s'avachit ? J'imagine une décontraction, en tout cas, une douceur pour la première fois depuis longtemps.

Ou une raideur, à l'inverse. Une paralysie ?

Bien sûr, avec ce signe, tout le reste me serait revenu : tout ce que nous avons été l'un à l'autre, ce que nous avons partagé, et que j'ai perdu. Ce retour, comme un boomerang, de ce qui m'a été soustrait, cela m'aurait peut-être envoyée dans le décor, qui sait ? Je devrais te savoir gré de ne pas m'avoir infligé ce regain de douleur.

Car, rapidement, ce signe, ça n'aurait pas été assez, je me connais. Il m'en aurait fallu un autre. Que ce ne soit pas un coup pour rien, un geste sans conséquences. Puisque tu ouvrais une brèche, j'aurais eu la tentation de m'y engouffrer. J'aurais envisagé, contre le bon sens, un renouement. Et là, inévitablement, je me serais heurtée à nouveau à ton mutisme, à ton refus. Je ne m'en serais pas relevée. C'est toi qui as eu raison. Cette phrase, je me la répète pour ne pas céder à la démence.

Mais peut-être n'as-tu même pas pris la peine de me lire. Oui, quand la lettre est arrivée, quand tu as reconnu mon écriture, tu n'as même pas décacheté l'enveloppe, (tu n'as pas rompu les ponts pour rien, n'est-ce pas ?) et tu l'as jetée dans la première poubelle, elle a rejoint les ordures. J'imagine l'encre de mon stylo, baveuse, rongée par les détritus ou bien ensevelie sous les cendres de tes cigarettes. Après tout, c'est peut-être la seule place qui convienne.

Pourtant, je persiste. Je ne suis pas en mesure encore de renoncer.

Cette fois, je t'écris de New York. Je n'ai pas pu résister. Pas pu m'en empêcher : il a fallu que je revienne ici, sur le territoire de nos amours passées. Je suis incurable.

C'est impossible de se poser à New York lorsqu'on arrive de La Havane. Les vols entre Cuba et les États-Unis continuent d'être interdits, la haine et la bêtise n'ont pas faibli depuis quarante-cinq ans. Alors j'ai dû transiter par le Canada. Je n'ai rien vu de Montréal, sinon l'aéroport. Je suis repartie presque tout de suite. Tout de même, par le hublot, il m'a semblé apercevoir un peu de neige dans la campagne environnante, des taches de blanc sale accrochées aux arbres, répandues sur les parcs. Cette pâleur froide m'a surprise après les chaleurs écrasantes de ces dernières semaines. Décidément, je n'entends pas grand-chose à la géographie.

J'ai beaucoup tergiversé, tu sais. Je devinais qu'à chaque pas dans Big Apple je me remémorerais les heures avec toi, les longues balades au hasard des rues, la traversée de Manhattan effectuée ensemble à plusieurs reprises. Je n'étais pas certaine de tenir le choc mais je devais essayer, vérifier que j'en étais capable. Si je surmontais cette épreuve, alors toute guérison n'était pas exclue. Eh bien, tu seras satisfait de l'apprendre : je suis encore en vie, je marche au long des avenues, j'entre dans les boutiques où je t'ai traîné et je ne m'effondre pas. Quelquefois même, il m'arrive de ressentir un certain plaisir.

Cela exige du caractère, crois-moi. Je découvre que je n'en suis pas dépourvue.

Tout de même, je ne suis pas retournée au Paramount. Certes, j'avais plutôt aimé le côté « roman d'espionnage des années cinquante », et cette espèce de chic qui tient à des détails, des lampes, des fauteuils, cette atmosphère étrange, un peu confinée, un peu sombre. La vue de notre chambre était sans intérêt néanmoins mais, comme nous passions notre temps dehors ou dans notre lit, la vue importait peu finalement. Je n'ai pas pris le risque de me confronter à ton fantôme, de tomber sur ces riens qu'on croit sortis de nos mémoires et qui nous reviennent en une fraction de seconde, nous sautent au visage ; de croiser un groom qui nous aurait apporté un petit déjeuner, de me cogner à des meubles, de vaciller dans des couloirs. Et puis, je ne goûte pas autant que toi le désordre de Broadway. Toi, tu raffoles de cette animation, ces lumières, ce grouillement. Moi, je trouve que ça déborde, ça dégueule, c'est vulgaire, le bruit des klaxons m'agresse, les déplacements de la foule me font peur, le clinquant me dérange. Alors j'ai opté pour un lieu plus calme, à un block de Central Park. C'est Jeanne qui m'a conseillé le Milburn. C'est un hôtel discret, situé dans une rue bordée d'arbres, un peu à l'écart, sur la 76e Rue. Il passe peu de voitures par ici, la vue est agréable, on n'est pas dérangé. Il faut apprécier le dépouillement, évidemment. Je n'apprécie plus que cela.

Tu ne manqueras pas de relever le paradoxe consistant à aller à New York pour y chercher la tranquillité. Tu disais toujours que les gens en quête de placidité feraient mieux d'opter pour la Suisse, tu n'avais pas tort. À Manhattan, on sait à l'avance qu'on va se frotter à l'urgence, à la démesure. Et cependant, je crois possible d'y trouver un peu d'harmonie et de paix. En tout cas, moi, chaque jour, je m'efforce d'être une femme lente.

Mes promenades dans le parc m'y aident. Cela devient un rituel : je commence mes journées en prenant mon petit déjeuner dans Central Park, tu sais dans ce café à l'entrée, sur la droite, quand tu arrives par la Ve Avenue, il y a des chaises en fer-blanc dehors, une petite cabane où tu vas te servir, ça n'a pas de nom, je crois, ou alors je n'ai pas fait attention, je ne fais plus attention, j'y vais directement, mécaniquement, le serveur me reconnaît, il est là presque tous les jours, le week-end, c'est une femme noire un peu forte, plus âgée, avec de grosses lunettes, elle n'est pas très causante mais elle me sourit chaque fois, elle s'amuse de me voir apporter avec moi des journaux français, je lui dis que ce sont ceux de l'avant-veille, elle lève les yeux au ciel et me sert mon café brûlant dans un gobelet, je n'ai jamais su en quoi ils étaient faits ces gobelets, quelle matière, c'est comme du polystyrène, c'est doux au toucher mais mes lèvres s'y accrochent, voilà, je commence toutes mes journées là, même quand il fait gris, je m'assois sur une des chaises en fer-blanc, je feuillette les journaux, je prends des notes pour les articles promis à Paris, et que je faxe depuis l'hôtel, je regarde les Américains qui font leur jogging, c'est spectaculaire, le nombre de gens qui courent le matin dans Central Park, spectaculaire, ils se ressemblent, ils sont jeunes et beaux, ils n'ont pas de graisse, c'est à se demander pourquoi ils courent, c'est sans doute pour ça qu'ils courent, dans ce pays où l'obésité fait des ravages, les gens qui courent dans Central Park sont tous jeunes, beaux et minces, je les contemple en buvant mon café, je ne songe pas à les imiter, je n'ai jamais été très sportive, je suis même carrément paresseuse, j'assume mon oisiveté, mon immobilité, je suis ici en spectatrice, je ne me mêle pas aux autres, je me tiens un peu sur le côté, comme quelqu'un qui ne va pas rester, je suis une étrangère, les semaines ici ne changent rien à l'affaire, et puis la tristesse, ça maintient toujours à l'écart.

Après, c'est selon mon humeur. Le plus souvent, d'abord, je regagne l'hôtel, je mets mes notes au propre, j'appelle le journal, c'est le milieu de l'après-midi pour eux, ils me demandent comment je vais, je réponds invariablement que je vais bien, ne souhaitant pas leur parler de l'état de mon âme, ils ne me questionnent pas davantage, nous entretenons des relations strictement professionnelles, dénuées de toute affectivité, cela me convient. Parfois involontairement ils me donnent des nouvelles de gens que j'ai fréquentés, quand il s'agit de gens que nous avions en commun toi et moi je m'arrange pour changer de sujet, nos conversations ne durent jamais bien longtemps, je réduis mes contacts avec la France au strict minimum, si j'ai le temps de sentir ce qui s'y passe, des bouffées d'angoisse me viennent, dont je mets des jours à me défaire.

Je flâne beaucoup. Mais je ne vais pas te raconter les avenues, tu les connais mieux que moi, cette ville t'est assez familière. Je ne devrais pas te raconter mes journées du reste, qu'est-ce que tu en as à faire ? En vérité, c'est plus fort que moi, t'écrire le fil de mes heures me raccroche inconsciemment (ou non) au récit que je te faisais de mes occupations quotidiennes lorsque tu venais me rejoindre dans l'appartement de la rue Campagne-Première. C'est la même banalité, celle qui forge les couples les plus solides.

Tu t'es souvent étonné de ma faculté à remplir mon temps avec rien. Toi, il te fallait être actif, avoir toujours quelque chose à accomplir, un rendez-vous à honorer, un coup de fil à passer, un dossier à rendre, une réunion à animer, un déjeuner à ne pas rater, des directives à donner, une voiture à conduire, un avion à prendre, un avenir à organiser, deux femmes à concilier. Je ne t'ai jamais vu autrement qu'en mouvement, incapable de t'arrêter, de t'interrompre, anxieux à l'idée même d'une halte, effrayé par toute vacance, rétif à la paresse. Cela faisait ton charme : on était forcément impressionné par une telle débauche d'énergie, par tant de vivacité. On croit facilement que les êtres vivaces sont plus vivants que les autres, ça ne se vérifie pas toujours néanmoins. Moi, j'étais bluffée par ton incandescence. En retour, tu étais régulièrement accablé par mon désœuvrement. Cependant, tu avais besoin d'une femme qui soit le contraire de toi, nous nous serions annulés si je t'avais ressemblé, ou nous serions entrés en compétition, tu ne l'aurais pas supporté même s'il arrivait que je t'agace à me montrer oisive. Je me levais tard, très tard, à une heure où tu avais sans doute déjà rempli la moitié d'une journée, je traînais longtemps dans l'appartement, je descendais au café pour lire mes journaux, tu vois, ça n'a pas changé, j'avais le luxe de ne dépendre de personne, de pouvoir rédiger mes articles sans rendre de comptes à quiconque, sans véritable pression sinon celle parfois de quelques bouclages difficiles, j'étais libre de toute contingence, je n'avais d'autre ambition que de t'attendre, je pensais que c'était une existence agréable d'écrire et de t'attendre. Je le pense encore.

Je ne te demandais pas après quoi tu courais, c'est le genre de question qui t'aurait énervé, elle méritait pourtant d'être posée. Oui, après quoi courais-tu, au juste ? Après quoi cours-tu encore aujourd'hui ? Que cherches-tu dans cette échappée belle, cette course folle, cette fuite en avant ? Quel en est le but ? Y a-t-il un moment où cela prendra fin ? Existe-t-il une échéance, un événement ? Ou la course se suffit-elle à elle-même ? Tu m'aurais répondu qu'il faut bien gagner sa vie et occuper ses jours, quelque chose comme ça, quelque chose d'imparable en apparence, et je n'aurais pas insisté. Je n'ai jamais souhaité me battre avec toi, sachant que je perdrais nécessairement, ou que je laisserais trop de plumes dans un éventuel succès. Dès le commencement de notre histoire, j'ai admis que tu étais plus fort que moi, que ma défaite était inéluctable. Je ne peux donc prétendre ignorer dans quel état je finirais : en lambeaux. Faible mais lucide. Au fond, j'ai cc que je mérite.

Maintenant que je suis une femme cassée, je fais des rêves de victoire. Par exemple, j'ai souvent imaginé ce moment : je marche dans Paris au bras d'un homme que j'aime et qui m'aime et je te croise, tu es surpris d'abord et puis très vite un peu courroucé, jaloux quoi, je le remarque à ton visage qui s'empourpre légèrement, à tes traits qui se contractent, à ton regard qui vire au noir, et moi, je m'amuse de ton agacement, je te présente l'homme à mes côtés, il s'appelle Stéphane ou Christophe, il a un prénom répandu en tout cas, ou alors Arthur, c'est un prénom dont je raffole, l'homme est très beau, sa beauté est indiscutable, vraiment, il a une allure qui impressionne, impose le respect, il est jeune encore, un peu plus jeune que moi, donc un peu plus jeune que toi, et cette beauté, cette jeunesse, ça t'agace instantanément, toi, tu es seul, Claire ne t'accompagne pas, heureusement d'ailleurs car voilà belle lurette que tu ne lui tiens plus le bras quand vous êtes dans la rue, tu es seul, je regarde ta solitude et ta pauvreté, elles me font plaisir, on a les vengeances qu'on peut, nous parlons du temps qu'il fait, c'est des banalités, des paroles convenues, vides, moi je souris, j'ai un sourire accroché aux lèvres dont je ne me débarrasse pas, je pose ma tête négligemment sur l'épaule de Stéphane ou Christophe ou Arthur, c'est un négligé très étudié tout de même, très travaillé, je fais mine de t'écouter, je ne t'écoute pas, j'observe le mouvement de tes lèvres, toi, tu es gêné, tu veux absolument trouver quelque chose à dire, tu refuses que le silence s'installe, et puis d'un coup ça se termine, nous nous séparons là, sur un trottoir, promettant de nous appeler, devinant que nous ne le ferons pas, nous poursuivons notre route, et j'imagine que tu te retournes pour m'apercevoir une dernière fois, pour visualiser l'image de mon bonheur, et cette image te fait mal, elle te remplit de regrets, de remords aussi, il fait doux, c'est l'amorce de l'été, je porte une robe légère, je souris, je savoure mon triomphe.

Dans les rues de Manhattan, je marche seule. Nul homme ne se tient à mes côtés. Je n'ai personne sur qui reposer ma tête, ni mon corps étrangement fatigué. Ça ne s'est pas arrangé de ce côté-là. Non, personne ne m'aide à traverser, ni ne me montre le chemin. J'avance en aveugle, risquant l'accident à tout moment. Les taxis déboulent sans que je les aie vus arriver et me klaxonnent, les chauffeurs m'insultent, je les aperçois derrière leurs vitres, ils me gratifient de gestes obscènes, je dois faire des bonds en arrière pour ne pas être emportée, engloutie par cette marée de jaune. Mais qui sait s'il n'y aurait pas une certaine logique à mourir écrabouillée sous une voiture ?

Je me laisse embarquer par le flot des passants, suivant la foule sans décider de mon parcours, m'arrêtant aux passages cloutés et redémarrant lorsque ceux qui se tiennent derrière moi me bousculent, me houspillent. Je vais où va la meute, et lorsque je me retrouve, par hasard ou du fait de mon indolence, rejetée hors d'un groupe, je suis totalement désemparée, démunie, il me faut plusieurs secondes pour revenir à moi-même, pour prendre conscience de ce qui m'entoure. Et pour renouer avec ma solitude.

Une fois, une seule fois, un homme, un vieil homme s'est approché de moi pour me proposer son aide. Mon apparence avait dû l'inquiéter, mon inertie comme une abdication. Il a prononcé quelques paroles sur un ton très doux, assez bas, comme on le fait avec les malades. Je lui ai souri et il y avait des larmes dans mon sourire, je les ai senties sur le rebord de mes yeux. Il s'est montré plus prévenant encore, son émotion était visible, sa sympathie était palpable. Il m'a contemplée comme une martyre ou comme une sainte. Le chagrin, ça nimbe. Et puis ça éloigne de soi tout soupçon de méchanceté et de médiocrité. Et moi, j'ai été enchantée que, pour un instant, cet homme me croie gentille et impeccable et pure, simplement parce qu'il y avait de l'humidité dans mon regard et une sorte d'abandon exhalant de tout mon être. Mais ce n'est pas ce que je suis. Non, je ne suis pas pure.

Je suis allée bien sûr du côté de Ground Zero. C'était impossible de ne pas s'y rendre. J'ai résisté un peu. J'avais peur du côté Disneyland de la chose. De ces grappes de touristes, de ces chapelets d'étrangers qui viennent là comme on visite un zoo. Des réflexions grotesques saisies au vol, des considérations vulgaires. J'avais peur que les gens ne perçoivent pas la nécessité absolue du recueillement : on est recueilli dans un cimetière, on ne parle pas, car Ground Zero est bel et bien un cimetière, peuplé de fantômes. En vérité, je craignais que l'émotion ne me submerge. J'avais beau me raisonner. Me souvenir qu'il meurt plus de femmes et d'hommes en Afrique chaque jour qu'il n'en est mort ce jour-là dans la chute droite et lente des Twin Towers. Admettre que l'arrogance a un prix et que trois mille vies, ce n'était pas forcément cher payé. Je me connais : la disparition de gens ordinaires dans une aventure qui les dépasse m'a toujours dévastée, le sacrifice de victimes anonymes dans un terrible hoquet de l'histoire m'a toujours anéantie. Je ne me suis pas trompée : les noms égrenés des innocents sacrifiés du 11-Septembre m'ont arraché des larmes. Je n'ai pas été capable de rester longtemps. J'ai préféré me retirer.

Tu sais cela, toi mieux que quiconque : ma fragilité devant l'irréparable, mon effroi devant l'inintelligible.

À nouveau, j'ai laissé mes pas me guider et c'est à la gare centrale que j'ai finalement échoué. J'ignore les dimensions exactes du hall ; si je cherchais dans un guide touristique, sans doute l'apprendrais-je. Je sais simplement que je m'y sens minuscule. Dans cette ville où tout est hors de proportion, c'est le gigantisme de Grand Central qui me fascine et m'envoûte le plus. Lorsque je lève la tête, pour observer le plafond représentant la voûte céleste, je perds toute notion de l'espace, je ne me sens plus connectée au monde réel. Pourtant, le grouillement est immanquable, le piétinement de la foule, je ne peux pas le rater mais c'est comme si ça se dématérialisait, comme si c'était là autour de moi sans m'atteindre vraiment. Vus de là-haut, nous devons ressembler à des fourmis, des fourmis industrieuses et pressées, et moi, je figure ce point immobile, cette incongruité microscopique, ce presque rien arrêté au milieu du désordre, une petite fille de conte les yeux tournés vers le ciel. Je peux demeurer longtemps ainsi, même si on me bouscule, même si la houle me ballotte. Quand je finis par regarder à nouveau devant moi, je ne me trouve plus à l'endroit que j'occupais au départ, il y a un écart de plusieurs mètres, je ne suis pas effrayée d'avoir été déplacée malgré moi, je n'offre aucune résistance.

Je t'écris tout cela, sans la moindre intention d'organiser ma pensée, au fil de la plume. J'écris ce qui me vient à l'esprit, sans respecter de logique, sans non plus poursuivre un but. C'est ainsi : cette lettre est le produit d'un moment, celui strict de l'écriture, et le reflet de mes jours, que je n'ordonne pas. Tu le déploreras, toi qui prises la rigueur, mais, que veux-tu, on ne se change pas.

Oui, bien entendu, il faudrait vouloir quelque chose, se fixer un objectif. Ainsi, tu ne ressortirais pas complètement décontenancé de la lecture de mes mots. Tu serais énervé ou amusé ou séduit, au moins tu éprouverais un sentiment sur lequel il te serait loisible de poser un nom. Mais je ne t'accorde même pas cette grâce. Si je savais ce que je veux, tu serais en situation de te déterminer par rapport à cela, apte à prendre une décision, à la formuler mais je ne te permets même pas d'avoir une opinion. Tu dois seulement te dire : elle est folle, elle s'égare, n'y pensons plus. En fait, tu pourrais me remercier : je ne t'adresse aucun reproche, ni aucun ultimatum, je n'exprime aucun désir, aucune requête. Je me contente de te catapulter des phrases, comme les enfants dissipés qui n'escomptent pas de réponse à leurs babillages. Ou les gamins autistes qui ne sont pas reliés au monde parce qu'ils ont créé le leur.

Tout de même, pour que tu ne sois pas tout à fait démuni, et pour que tu n'aies pas l'impression de perdre ton temps (je n'oublie pas que tu tiens en horreur le gaspillage des heures), je vais te faire une révélation : une fois, je suis allée voir l'autre femme, celle avec qui tu formes un couple officiel, présentable, avec qui tu conçois un avenir, appelons-la par son prénom : Claire.

J'imagine aisément ton visage en cette seconde, l'affolement, la nervosité, l'inquiétude, le sang surgissant en trop grand flux à la veine du cou, le mordillement de la lèvre inférieure, les paupières qui sautent, les sourcils qui se froncent. Et le fait même que je décrive ce qui t'arrive ne doit pas arranger tes affaires, cela ne peut qu'accroître ton trouble. Est-ce que tu as peur, un peu ? Hein, est-ce que tu as la frousse ? Redoutes-tu ce qui a pu se produire, se jouer entre elle et moi, se dire ? C'est quoi, au juste, les questions qui tournent dans ta tête, en cet instant précis, celles qui t'assaillent, te taraudent ? Te demandes-tu si j'ai parlé ? si elle sait ? pour nous ? si elle t'a tout caché alors ? et pourquoi elle t'aurait caché ça ? Crois-tu qu'elle a connaissance de tes turpitudes, de tes manipulations, parce que je les lui aurais révélées, et puis qu'elle s'est tue ? Quelque chose vient-il de se rompre ? ou de se figer ? Je ne devrais pas jouer de la sorte avec tes nerfs, ce n'est pas mon genre d'être méchante. C'est une faiblesse, j'en conviens. De ne pas être méchante.

Rassure-toi : tu n'as aucune raison d'avoir peur, je ne t'ai pas trahi (je ne te trahirai pas). C'est une différence supplémentaire entre nous, du reste. Toi, tu as trahi. Toi, tu n'as pas hésité à mentir, à lui mentir à elle. Tout le temps qu'a duré notre relation, jamais tu ne lui as parlé de moi. Tu t'es inventé des rendez-vous, des voyages à l'étranger, des obligations professionnelles. Tu en as de la chance d'exercer un métier qui t'autorise autant de dérobades. Elle s'est habituée à tes absences, à tes contraintes, à tes indisponibilités, à tes téléphones décrochés, au barrage savant de ta secrétaire. Elle ne t'a jamais connu autrement que débordé, submergé. Et puis, elle a confiance. Tu es tombé sur une femme qui fait confiance aux hommes, elles ne courent pas les rues.

Et même lorsque tu t'es séparé d'elle, pour venir vivre avec moi, tu ne lui as nullement avoué que tu la quittais pour moi, que tu la remplaçais. Tu me jurais que cela lui aurait fait trop de mal d'apprendre qu'elle avait été trompée, il convenait de ne pas ajouter à la violence de la séparation l'humiliation de l'adultère. Je l'ai admis. Pour tout dire, je me fichais un peu de la façon dont tu t'y étais pris pour la quitter, ce qui importait, c'était que, désormais, tu sois là, avec moi, enfin. Je n'aurais pas dû me faire si peu regardante, si peu exigeante. Il ne faut pas se contenter de remporter une bataille. Il faut avoir conscience qu'on livre une guerre et obtenir la reddition totale de l'adversaire. J'ai été incroyablement naïve.

Et, lorsque tu es retourné vers elle, tu ne lui as pas davantage avoué la vérité. Tu es rentré penaud, désolé, réclamant le pardon, non pour ta trahison mais uniquement pour ton départ. Elle n'a pas demandé d'explications, elle t'a repris, trop heureuse de te voir regagner le bercail. Tu es tombé sur une femme qui ne pose pas de questions, elles sont rares. Ou sur une femme maligne, elles sont admirables.

Tu te demandes peut-être comment je sais qu'elle s'est montrée si conciliante, si peu soupçonneuse. Rappelle-toi qu'il nous reste quelques amis communs, il a suffi que l'un d'entre eux soit plus bavard que les autres. C'est accablant en fait, il se trouve toujours quelqu'un pour te raconter ce que tu ne souhaites pas entendre et qui va t'anéantir, pour t'enfoncer un poignard entre les côtes, tout en prétendant n'avoir pour intention que de te secourir.

C'est après ton retour auprès de Claire que je suis allée à sa rencontre. Je voulais voir à quoi elle ressemble. Cela te paraîtra puéril ou tragique mais c'est ainsi : j'en avais besoin. Je me doutais que cela ne changerait rien, aggraverait même sans doute mon chagrin, que cela me ferait mal évidemment, pourtant, je n'ai pas su résister, la nécessité de savoir l'emportait sur la crainte de le regretter. Il ne s'agissait pas pour moi d'aller à la confrontation. Seulement de me tenir là, face à elle, dans son ignorance à elle, de la regarder et d'essayer de comprendre. Il me fallait déchiffrer ce mystère qui te faisait la préférer à moi, tenter d'admettre que tu avais fait le bon choix, que c'était patent, imparable. Et puis, je souhaitais avoir le dessus sur elle – ne serait-ce que quelques minutes – que le déséquilibre entre nous me soit favorable. Je n'ai réussi, bien sûr, qu'à me sentir misérable.

C'est curieux : à l'instant précis où je l'ai vue, je me suis rappelé l'humiliation discrète de nos étreintes minutées, lorsque tu m'abandonnais en pleine nuit, après avoir pris une douche rapide, pour aller la rejoindre.

Claire est belle, je ne songe même pas à le nier. Je pourrais énoncer les choses autrement, dénicher des adjectifs pour la qualifier, employer des images pour dire cette beauté ; à la fin, il subsistera cette certitude, cette vérité : Claire est belle.

Mais je ne t'apprends rien.

Elle a de l'allure, c'est une expression galvaudée, qui ne signifie plus rien tant on l'utilise inconsidérément et à tout bout de champ, pourtant elle lui convient tout à fait. Elle a un port de tête noble, une rigidité dans la nuque qui ne lui fait pas un air méprisant, condescendant. Une manière de tenir les autres à distance mais sans arrogance. Presque une timidité.

Cela m'aurait arrangé qu'elle soit odieuse ou ne sache pas se tenir mais non, il émane d'elle une bienveillance. Tout de même, je préfère les femmes plus anguleuses, plus marquées, moins lisses.

J'avais été surprise quand tu m'avais dit qu'elle s'occupait d'une boutique de vêtements chic, rive gauche. Elle habille des épouses riches et désœuvrées. Certes, il y a des métiers plus sots. Il y a aussi des activités plus captivantes.

Je l'imaginais s'occupant plutôt d'une galerie d'art, ou travaillant dans un ministère, ou ne faisant rien du tout. On se forge des idées fausses sur les gens. Pour dire la vérité, c'est toi que je n'imaginais pas accouplé à une vendeuse.

Tu me reprocheras cette dernière remarque. Tu n'as jamais permis que je m'attaque à elle, ni même que je songe à la déprécier. Tu as horreur qu'on discute tes choix.

Donc je suis entrée, un jour, dans sa boutique. J'ai d'emblée observé qu'elle accomplit sa tâche avec beaucoup d'élégance, et sans jamais s'abaisser. Cela m'a frappée, je l'avoue. Elle conserve un quant-à-soi, une froideur derrière le sourire, ne témoignant aucune servilité, réalisant un prodige devant des femmes habituées à être servies.

C'est elle qui m'a adressé la parole en premier : elle m'a proposé son aide, je l'ai déclinée, je n'étais pas préparée à établir un contact, son geste m'a prise de court mais elle n'a sans doute même pas relevé mon affolement, trop accoutumée à la morgue de certaines clientes. J'ai fini par revenir vers elle, par lui demander des conseils, je n'ai pas écouté ce qu'elle m'a dit, me contentant de la regarder, de la détailler, je n'ai jamais réussi à occulter sa beauté. Tu as bon goût.

J'ai compris ce qui te retenait auprès d'elle. Compris que tu devais apprécier de te montrer à ses côtés. Apprécier également le sentiment de sécurité qu'elle inspire. Je n'ai pas ses avantages.

En tout et pour tout, je suis restée moins de dix minutes dans la boutique. En sortant, ma défaite était totale. Dans la rue, je me suis penchée en avant, j'ai enroulé les bras autour de mon ventre, cherché ma respiration. À ce jour, je ne l'ai toujours pas recouvrée.

En définitive, est-ce que je la déteste ? Oui.

Elle n'est pour rien dans notre histoire, pourtant. Elle était là avant moi. Elle n'a rien fait contre moi, ignorant jusqu'à mon existence. D'où vient cette haine, alors ? Ne peut-on s'empêcher de souhaiter la disparition de sa rivale ? Éprouve-t-on nécessairement la plus vive hostilité à l'endroit de celles contre qui l'on perd ?

Je ne suis pas tellement capable de sentiments tièdes. Ni de pensées raisonnées. J'ai une fâcheuse tendance à l'emportement, à l'irrationalité, c'est ainsi. Je ne me referai pas. Et je n'en suis pas si mécontente. Cela nous faisait un sujet de discorde supplémentaire. Nous n'en manquions pas. Mais moi je croyais naïvement que nos différences étaient notre meilleure chance de durer. Je me trompais. À la fin, on est rassuré par ce qui n'exige pas d'efforts.

Je quitterai New York bientôt. De toute façon, je ne sais pas tenir en place, demeurer longtemps au même endroit. J'ai rapidement besoin de lieux neufs. Que l'esprit soit accaparé par la découverte, quand l'accoutumance me laisse face à moi-même. Que le regard soit fixé par l'inconnu, tandis que l'habitude l'aveugle. Que le temps passe plus vite, quand l'ennui l'étire.

Je quitterai les tables d'échecs de Washington Square, les câbles tendus du Brooklyn Bridge, les ferrys lents de Staten Island, les noms connus sur les tombes grises du cimetière de Trinity Church, ceux inconnus inscrits dans le bois vert des bancs de Central Park, les lions vigilants en haut des marches de la bibliothèque, les thés délicats qu'on sert au MoMA, les flots tranquilles de l'Hudson, et tout ce que j'oublie.

Je quitterai les visages fermés des femmes pressées du quartier des affaires, les corps lourds des enfants obèses aux abords des fast-foods, les torses luisants et poussiéreux des ouvriers sur les chantiers en plein air, le pas hésitant des vieillards dans les rares rues ombragées, les cris des adolescents noirs lorsqu'ils réclament le ballon sur les terrains de basket, et tous ceux que j'oublie.

Je partirai sans regrets, il m'arrive parfois de n'avoir pas de regrets.

Je n'aurai pas été malheureuse ici.

Je sens que les jours que je passerais en plus seraient des jours en trop. Il faut savoir partir. J'ai retenu certaines de tes leçons.

Je choisirai un endroit où il y a la mer. Ou un océan, ou un fleuve. De l'eau, quoi. C'est une certitude. J'ai cette obsession de l'eau, elle ne me quitte pas. J'ignore d'où elle vient. De l'enfance, peut-être. L'eau ne m'a jamais fait peur, même si elle sait être dangereuse. Au contraire, elle m'apaise. Elle me rassure. Tout finira auprès d'elle.

Je vais te laisser.

Cette lettre est déjà beaucoup trop longue. Je ne la relirai pas. Si je la relisais, je ne te l'enverrais pas, vraisemblablement. Et j'ai besoin de te l'envoyer, de croire que les mots ne sont pas inutiles et que le temps dépensé à t'écrire n'est pas du temps perdu.

Tu ne répondras pas à cette lettre-là non plus. Mais le plus dur, c'était la première fois.

Désormais, l'habitude est prise. Je ne dis pas cela comme on lance un défi, sois tranquille. Ma peine ne m'a pas fait perdre toute lucidité, voilà.

Je t'embrasse. Oui, après tout, pourquoi pas ? Je t'embrasse.

Louise.

Venise

Clément,

Je l'avoue, j'avais oublié la chanson d'Aznavour. C'est Jeanne qui me l'a rappelée. Me voici donc à devoir vérifier si « c'est trop triste, Venise, quand on ne s'aime plus ». Au reste, Jeanne ne fait plus de détours pour affirmer que mon état l'inquiète, et que la folie me guette. Je veux bien admettre que les apparences jouent contre moi. Venir ici, dans cette ville d'où je t'écris, peut en effet laisser croire que mes facultés mentales sont atteintes. Cependant, je ne me trouve pas à Venise pour aviver mes blessures ni pour tester ma résistance mais seulement parce que j'avais un désir d'Italie (j'ai eu si souvent un désir d'Italie et si peu l'occasion de le satisfaire) ; et l'envie de baigner encore dans une sorte d'irréalité.

Car Venise est une cité irréelle, absolument inventée, un défi au bon sens autant qu'à l'imagination, un lieu fictif, un décor de théâtre, une farce, que sais-je encore ?

Qu'on y songe : une ville posée sur l'eau, autant dire miraculeuse. On raconte qu'elle est bâtie sur une forêt de pieux, s'appuie sur des milliers de troncs d'arbres. Comment ne s'effondre-t-elle pas ? Comment n'est-elle pas engloutie par le pourrissement du bois, ou à tout le moins par son poids ? Il doit exister une explication rationnelle à cette extravagante lévitation mais je préfère croire à un prodige. Prodige : on emploie ce terme à propos des chefs-d'œuvre, n'est-ce pas ?

Mon avion, en provenance des États-Unis, a atterri à Rome, où je n'ai même pas envisagé de passer une journée. Pourtant, j'aime ses avenues encombrées par l'Histoire, ses pierres chaudes et sales, ses silhouettes indolentes, sa fureur joyeuse, ses accolades tapageuses, sa sensualité un peu vulgaire mais je cherchais autre chose. Tout de suite, j'ai pris un train, il m'a conduite ici.

Il faut absolument découvrir Venise en sortant de la gare. On se trompe si l'on croit mieux faire son entrée en franchissant la douane de mer. Bien sûr, il y a quelque chose de magique à monter à bord d'un vaporetto et à emprunter le Grand Canal. Il paraît, à certains égards, plus logique d'arriver au fil de ces flots noirs où se reflète le soleil. Mais c'est oublier un peu vite le spectacle qui s'offre lorsqu'on se retrouve projeté sur le parvis de la gare. On est immédiatement plongé dans l'enchantement de Venise, dans l'envoûtement de Venise. L'odeur des eaux usées saute au visage de même que la puanteur de la fiente acide des pigeons. On gravit les marches du pont qui se tient un peu sur la gauche et hop, on est un personnage de conte.

J'ai emménagé dans l'appartement des parents de Jeanne. Il est vide dix mois sur douze. On m'assure que je rends un service en l'occupant, je lutte contre la moisissure, l'obscurité. Je fais semblant d'y croire. C'est une idée qui m'amuse.

L'appartement est bien situé (mais qu'est-ce qui est mal situé à Venise ?). En quelques enjambées, je rejoins le musée de l'Académie. Pauvre destin, celui de ce lieu : qui songe à visiter un musée ici, quand il y a tant à voir, au-dehors ? C'est bien dommage, du reste, car quelques trésors sont enfermés entre ces murs. Ainsi j'ai pris l'habitude d'aller me confronter chaque matin à *La Tempête* de Giorgione. Ne me demande pas pourquoi. C'est une hygiène, voilà.

Je vis le dos tourné à l'avenir. Dans quelle autre ville peut-on faire cela mieux qu'ici ? Tu me reprocheras une fois encore cette incapacité à aller de l'avant, cette complaisance envers le passé, mon goût des souvenirs. Pour toi, je sais bien, l'important, c'est de continuer à avancer. Mais vers quoi pourrais-je avancer aujourd'hui, sinon un gouffre ? Mieux vaut y renoncer si je tiens à ne pas sombrer tout à fait.

De toute façon – je me répète, je crois – je n'ai jamais vraiment compris après quoi les gens couraient ni pourquoi il était si important pour eux de déterminer avec précision ce qu'ils allaient faire de leur existence. Jamais compris non plus sur qui ou sur quoi il était à ce point essentiel qu'ils gagnent du terrain. Même lorsque nous étions amants, moi, je ne désirais rien d'autre que l'instant, la puissance insaisissable de l'instant, et je me remémorais avec délice notre intimité dès que tu t'éloignais. Jamais je n'ai envisagé ce que nous pourrions devenir ensemble. Jamais poursuivi le moindre objectif. Ce qui comptait, c'est que tu sois là ou que tu l'aies été. Je présumais que tu serais toujours là. Depuis notre séparation, j'ai appris à concevoir de l'admiration pour celles qui misent sur la durée et exigent des engagements de leur conjoint. C'est elles qui ont raison. Je n'ai pas leur ambition, ou leur cynisme.

Oui, les femmes pointilleuses et intraitables ont raison. Et d'autant plus qu'elles ne mésestiment pas, elles, la faiblesse immémoriale des hommes. Je cumulais trop de handicaps. La victoire était hors de ma portée.

Il paraît qu'on vit vieux à Venise, cela ne m'étonne guère. Le climat n'est pas toujours favorable mais au moins on n'est pas agressé par le mouvement ni les rumeurs du monde. C'est reposant de se sentir à l'abri des assauts de la modernité, et inscrit dans la marche du temps.

Sais-tu que New York et Venise ont ceci de commun que des tours s'y écroulent ? Ici, ce fut le Campanile, sur la place Saint-Marc. Il est tombé, il y a longtemps, au matin d'un 14 juillet, sans faire de bruit ni de victimes, là est la différence. On ne saluera jamais assez l'élégance surannée de la Vénétie. Les effondrements n'y ont rien de tragique : l'esthétique prime.

Sais-tu aussi que de moins en moins de gens tombent dans les canaux ? On ne recense presque plus de noyades. Seuls quelques étrangers téméraires ou distraits se laissent encore choir de gondoles ou de ponts, maladroitement ou intentionnellement. Mais on les repêche vite, avant qu'ils n'aient eu l'occasion de mourir. Le trafic est si dense qu'on ne peut plus sombrer en paix. Il passe toujours quelqu'un, prêt à vous ramener à la vie.

Les gondoliers eux-mêmes ne chutent presque plus, à ce qu'on raconte. Ils sont pourtant fort nombreux (et les embouteillages ne manquent pas). Leur dextérité les protège des déconvenues. Il n'est pas rare cependant de craindre pour leur sécurité. Certaines de leurs manœuvres paraissent si acrobatiques qu'on se demande comment ils parviennent à les exécuter. Et certaines de leurs postures ressemblent tant à des contorsions qu'on doute qu'ils réussissent à se rétablir et, néanmoins, ils ne ratent jamais leur coup. Tu l'auras compris : je m'enivre du ballet facétieux des gondoliers.

À la nuit tombée, j'aime aussi écouter le tintement de leurs embarcations. À l'amarre, elles hochent du fer au milieu de la brume, on les distingue à peine, c'est le bruit qui nous signale leur présence. Les poteaux de bois où elles sont accrochées émergent de l'obscurité. Je rêve parfois qu'ils s'enflamment, ces pieux, cela ferait un merveilleux incendie sur la lagune.

Mes journées se passent dans une belle indolence. J'ai installé une chaise longue sur la terrasse de l'appartement. Je regarde les ciels purs après les orages. C'est après la pluie que Venise est la plus belle, je ne t'apprends rien.

Je pense à toi, tous les jours. Cela devient une pensée douce et calme. Voilà mon occupation : me rappeler certains moments de toi.

Le jour où tu es venu chez moi, pour la première fois. Où je t'ai reçu sur mon territoire, admis dans mon antre. C'était un 8 avril, on prétend que les femmes retiennent les dates beaucoup mieux que les hommes, c'est vrai. Nous nous étions donné rendez-vous, je t'attendais, le téléphone a sonné alors que tu n'étais toujours pas arrivé, j'ai décroché, je croyais que c'était toi, que tu allais m'annoncer que tu serais en retard ou que tu avais un empêchement de dernière minute mais non, c'était quelqu'un d'autre, qui, je ne sais plus, j'ai oublié, et justement tu as sonné à ton tour à l'interphone une poignée de secondes plus tard, j'ai déclenché l'ouverture du sas de l'immeuble tout en poursuivant ma conversation, j'étais encore au téléphone lorsque tu as franchi la porte que j'avais entrebâillée, j'ai fait un geste de la main, affolée et contrite, pour te signifier : je n'en ai pas pour longtemps, tu as hoché la tête pour me dire : prends ton temps, tu es entré dans le living tandis que je restais dans le couloir, tu semblais cérémonieux, hésitant, dans le reflet de la porte-fenêtre je t'ai vu inspecter la pièce du regard, j'avais envie de raccrocher au nez de mon correspondant, je ne lui répondais plus que par des onomatopées, je voulais te rejoindre, que tu me prennes dans tes bras, mais ça durait, ça n'en finissait pas, tu n'osais pas t'asseoir, tu t'es approché de la bibliothèque, tu as penché la tête pour lire la tranche des livres, tu avais une main posée sur une hanche du côté où la tête penchait, je pensais : je suis amoureuse de cet homme à la tête penchée, à la main posée sur la hanche, cet homme que j'aperçois de dos dans le reflet d'une porte-fenêtre, j'ai réussi à raccrocher, j'ai abandonné le téléphone sur la table dans l'entrée où je dépose mes clés en rentrant, je suis entrée dans le living, tu t'es retourné vers moi, tu ne souriais pas, tu paraissais toujours un peu gêné, comme encombré de ton corps, sur ce territoire encore inconnu, je me suis approchée et je t'ai embrassé, je me souviens : tu as frissonné, cela ne t'est pas arrivé souvent.

Le jour où tu t'es présenté sans prévenir à la porte de mon appartement, avec un air penaud, un petit sac à dos en bandoulière sur l'épaule, et dix années de moins que ton âge, où tu as simplement dit : « J'ai quitté Claire, je peux entrer ? » Je t'ai observé longtemps, incapable de prononcer le moindre mot, interloquée par ta décision soudaine et inattendue, chancelante comme chaque fois que tu me faisais la surprise de ta venue, consciente que te laisser entrer, c'était te proposer implicitement de ne pas repartir. Tu m'as avoué quelque temps après que le temps t'avait semblé long, sur le pas de ma porte, tandis que je ne disais rien, que je ne te priais pas d'entrer. Tu avais peur, cela je l'ai vu. Peur de t'être trompé sur mes sentiments, sur ma résolution ? C'est bien la seule fois où je t'ai vu avoir peur.

Le jour où tu as demandé : « Tu m'aimes comment ? », et où je n'ai pas su répondre. Alors tu m'as aidée. « Comme ça ? » Et tu as écarté les bras, le plus que tu as pu, tu as recherché la plus grande amplitude, avec la malice des enfants. J'ai ri, et, cette fois où j'ai ri, j'ai été incroyablement heureuse. C'est devenu un rituel par la suite. Je n'ai pas compté tous tes « tu m'aimes comment ? », ni tous mes « comme ça » (j'avais compris le truc). Je n'ai pas compté mes rires. Mais ce sont peut-être eux qui résument le mieux notre histoire. Dans le silence de la chambre, c'est encore l'écho des rires que j'entends et c'est lugubre.

Les jours où tu te baladais nu, devant les fenêtres sans rideaux, et où moi je faisais semblant de rien. Je raffolais de ton corps, tu ne l'ignorais pas, tu comprenais ça, toi, que les femmes soient folles de ton corps, tu l'affirmais sans arrogance, mais comme une évidence, tout de même, tu n'oubliais jamais l'effet que produisait ta nudité, tu prétendais qu'il n'y avait pas de mal à provoquer le désir, tu avais envie que je sois nue moi aussi, je n'ai pas ton impudeur, et puis je n'aime pas mon corps, je refusais le plus souvent, je trouvais des stratagèmes, je portais des chemises longues dont les pans tombaient sur mes cuisses, tu relevais les pans à mon passage et je m'écartais de toi, je me fichais bien que les voisins me surprennent, c'est ton regard que je redoutais, j'avais besoin de pénombre pour nos étreintes, la lumière crue me mettait mal à l'aise, nous finissions par nous écrouler sur mon lit dans la chambre aux volets mi-clos, tu passais des compromis pour ne pas m'embarrasser, tu concédais à l'obscurité afin que je m'abandonne tout à fait, ils étaient rares pourtant les efforts que tu consentais.

La toute première nuit où je t'ai vu dans la jouissance, pourquoi n'en parlerais-je pas ? Il y a eu cet affolement de ton souffle, ton besoin de prendre ma bouche, la désarticulation de ton corps, et surtout, à la seconde précise du plaisir, ce rictus sur ton visage, quelque chose d'enfantin tout à coup, donc de désarmant, ça t'a échappé, tu ne peux pas savoir ce que c'est, cette expression, je n'ai jamais osé te la décrire, quelque chose comme une petite mort délicieuse, mais aussi une manière de timidité, d'excuse, fallait-il y déceler de la gaucherie, une pudeur ?, et puis ta fatigue aussitôt, un épuisement joyeux, ton soulagement, le brillant de tes yeux dans la nuit.

À Venise, je tente de ne me souvenir que du bonheur. Cela exige un peu de persévérance, une certaine application mais j'y arrive.

Dans ce décor figé d'opérette, où il n'est pas rare de croiser, au détour des venelles, des danseurs de cordes, des bateleurs de foire, des saltimbanques, des bonimenteurs, des diseurs de bonne aventure, des magiciens du dimanche, des cracheurs de flammes, la comédie peut l'emporter sur la tragédie, les mensonges sont plus beaux que la vérité, il n'est pas si compliqué de se raconter des histoires.

Dans le *chiaroscuro* des fins d'après-midi, lorsque les rives deviennent invisibles, que les plages du Lido s'estompent, lorsque les esprits se brouillent, que la brume se répand, il est plus facile d'effacer la mauvaise mémoire.

Protégée par les lions de porphyre de la place Saint-Marc, appuyée aux façades de palais dont les noms éclatent, soutenue par les ponts à balustres de marbre, éblouie par la striation des reflets sur le canal, je me sens moins vulnérable.

Alors oui, le bonheur.
Le bonheur peut revenir.

Parfois, il suffit de très peu : savourer des granites sur les banquettes tendues de velours rouge de cafés célèbres, ou des chocolats chauds, tu t'es toujours étonné de mon goût pour la saveur écœurante des chocolats chauds, et laisser vagabonder son esprit ; flâner dans les rues à la recherche de dentelles, d'étoffes, négocier des prix avec des commerçants de mauvaise foi avec qui on ne se fâche jamais car tout se termine toujours dans un sourire et avec une franche poignée de main et redécouvrir ainsi la vertu d'une joute ; dîner dans une pension modeste, y entamer une conversation avec un vieux professeur de littérature française, ce qui permet de renouer avec sa propre langue sans en ressentir une vive douleur ; se tordre le pied sur le pavement déclive de la place Saint-Marc et convenir que Proust avait raison, que les moments du passé resurgissent à cause de détails ; écouter les babillages des Italiennes qu'aucune voiture pétaradante – un rêve – ne vient déranger jamais, leurs voix qui s'enflamment soudain avant de retomber en chuchotements et s'émouvoir de cet éternel féminin ; passer devant la Fenice, se rappeler les incendies qui l'ont dévastée, tomber sur l'affiche de l'opéra qu'on y joue, entendre aussitôt les accords déchirants de cet opéra qui se déployaient entre les murs de l'appartement de la rue Campagne-Première, du temps où tu y venais ; oui, ces très peu-là me ramènent à toi, involontairement et avec plaisir.

Ne t'inquiète pas de cette soudaine bouffée de bienveillance. Ne crois pas que ces évocations ont pour objet de t'émouvoir, de te faire fléchir. Je veux juste que tu saches que je suis, par instants, capable d'apprivoiser mon vague à l'âme.

Et si l'Italie, c'était revivre enfin ? Ne plus être écrasée par les souvenirs mais apprendre à vivre avec eux, ne plus être écrabouillée par le chagrin mais le dominer, ne plus être dans le ressassement mais simplement dans l'effleurement. Ce serait bien alors. Je serais sur la voie de la guérison.

Tout de même, tu l'as deviné, je ne suis pas encore en mesure de regagner la France. Je m'en rapproche, c'est déjà ça. Il s'agit d'une convalescence, en vérité. Il faut y aller progressivement.

Au fond, je suis comme ces gamins faméliques à qui on octroie seulement quelques grammes de nourriture, pour ne pas qu'ils s'étouffent et succombent alors qu'ils viennent d'échapper miraculeusement à la mort.

Je ne pense pas à ma prochaine destination. Je crois que je resterais bien ici quelques semaines supplémentaires. Je pourrais laisser l'été arriver pour de bon. J'aime les étés blancs de Venise.

Je continue d'envoyer des articles aux journaux qui m'emploient. On s'y étonne de mon absence prolongée mais plus personne ne me questionne. Tant que le travail est fait, pas de raison de s'inquiéter, n'est-ce pas ? Les quelques alliés restés dans la place s'empressent de me signaler, sur le faux air de la confidence, que certains – mais pas eux, bien entendu – s'amusent à mesurer les variations de mon humeur, à soupeser mon malheur, à évaluer mes progrès en lisant entre mes lignes. Il s'en trouve même qui éditent mon bulletin de santé rien qu'en observant de plus près les textes que je propose. Les ignorants, oublient-ils que l'écriture est un travestissement, si on le décide ?

Je te réserve ma vérité intime. Je sais trop bien que tu n'en feras strictement rien.

Si j'y songe, tu as toujours bénéficié d'un traitement de faveur. Mais nommerais-tu faveur cette distinction, cette préférence ? Rien n'est moins sûr.

Toi, en retour, en dépit de ta tendresse, tu veillais à ne jamais m'accorder de passe-droit, de privilège, demeurant sur tes gardes, comme pour protéger tes arrières, pour t'assurer que tu pourrais tout me retirer le moment venu en m'expliquant qu'après tout tu ne m'avais rien promis. Clément, les rares fois où tu t'es livré sans retenue, j'en ai éprouvé une sorte de culpabilité. J'envisageais même de te demander de te reprendre. Je savais à l'avance que tu t'en voudrais de t'être laissé aller. À la fin, tu retombais sur tes pattes, va. Et ces instants du don prenaient alors le goût amer d'une aumône.

Oui, certains soirs, ton affection ressemblait à la pièce de monnaie déposée devant un mendiant.

Je ne devrais pas écrire cela. J'ai dit que j'entendais me concentrer sur le bonheur, ou plutôt sur le souvenir du bonheur. Ces récriminations implicites vont à l'encontre de mes bonnes résolutions. N'en tiens pas compte.

Plus tard,

J'ai quitté la lettre tout à l'heure sur ces mots : « N'en tiens pas compte. » Je la reprends.

C'est tout bête : je n'avais plus de papier, je suis donc descendue dans une papeterie, ce n'est pas ce qui manque, les papeteries, pour m'en procurer. J'en ai profité pour me promener le long des canaux où l'eau est, à certains endroits, aussi noire que l'encre, et, à d'autres, aussi verte qu'un lagon du Pacifique. Je n'ai jamais compris ces différences, je ne sais pas à quoi elles sont dues. Je ne demande pas d'explication, préférant les mystères. J'ai simplement compris qu'il fallait éviter tout contact pour ne pas risquer d'attraper des maladies étranges. Les eaux de Venise sont belles et émaillées de périls.

J'ai arpenté les rues où les boutiques ont des vitrines enflammées de rouge, encombrées de tapisseries. J'ai plus d'une fois aperçu mon reflet dans les miroirs proposés dans ces innombrables magasins qui débordent de faïences, de lustres et de verre filé de Murano. Je me suis arrêtée aux marches de palais et j'ai cherché du courage pour revenir t'écrire.

Car cela exige un peu de courage de t'écrire, je te l'apprends. D'abord, parce que je continue d'ignorer si tu me lis. J'ai l'habitude d'écrire sans connaître le visage de mes lecteurs, je les rencontre parfois, ils me disent apprécier le ton de mes articles, ne jamais rater ma rubrique, cela me fait plaisir, mais aucun d'eux ne s'attarde et les autres, tous les autres, je ne sais absolument rien d'eux. En l'occurrence, cette lettre a un seul destinataire, et, chaque fois que j'imagine que tu la déchires sans même ouvrir l'enveloppe, je ressens un profond accablement. Car ce serait alors de l'énergie gaspillée, du temps annulé, et toutes ces occasions de penser à toi réduites à rien, comme si elles n'avaient même jamais existé.

Il faut du courage également parce que je ne perds pas de vue que tu ne me répondras pas. En somme, je lance des bouteilles à la mer, le plus loin que je peux, mais aucune marée ne me rapportera un message, nul signal ne me sera adressé en retour, je resterai comme ce naufragé sur son île déserte envoyant inlassablement des bouteilles aux vagues qui les engloutissent.

Du courage pour résister à l'humiliation de ça. Quel crime ai-je donc commis pour mériter pareil châtiment ? De quelle atrocité suis-je coupable pour subir un tel ostracisme ? Ce bannissement est pire qu'une sentence de mort.

Cependant, je n'abdique pas. Et, dans cette façon de persister, je distingue le signe que le sentiment amoureux ne s'est pas tout à fait enfui, on ne s'en débarrasse pas comme cela, comme d'un vieux vêtement qu'on jugerait tout à coup démodé, importable, qui nous ferait honte. Moi, j'ai de la tendresse pour mes vieilles robes, elles me parlent de ma jeunesse.

Je suis persuadée que tu ne m'as pas oubliée, tu n'es pas un magicien quand même, tu ne fais pas disparaître les gens, l'oubli n'est pas un événement qui se provoque, c'est seulement avec le temps que les êtres s'estompent, sans s'effacer entièrement du reste. Du coup, c'est un peu pénible, ta façon de m'éloigner, de me tenir à distance telle une pestiférée. J'y vois une inélégance, presque de la cruauté, pardon. Cela présente un avantage néanmoins : m'apprendre à t'en vouloir, certains soirs d'une trop grande fatigue.

Voilà que j'en reviens aux reproches et je m'étais promise de te les éviter. Voilà que je sombre à nouveau dans le ressassement. Non, décidément, je ne suis pas guérie. Guérit-on jamais des hommes qui nous quittent ?

Allez, revenir aux beaux jours.
Se forcer à revenir aux beaux jours.

Aux terrasses des cafés, au long des accords incertains d'un pianiste saoul, convoquer la douceur des après-midi, les heures vierges à ne rien se dire, à seulement être là, ensemble, ces heures que j'arrachais à tes urgences, à tes frayeurs et dont tu me remerciais le lendemain, en jurant de recommencer plus souvent.

Dans la torpeur étrange des siestes, derrière les persiennes, se rappeler encore les étreintes lorsqu'elles s'achevaient, les draps froissés, les corps rassasiés, alanguis, ton cou où la veine avait gonflé, le creux de ton torse où perlait de la sueur, les mots que je devinais sur le bord de tes lèvres et que tu ne prononçais pas.

Aux frontons des palais, au cœur des ogives, se remémorer nos regards levés dans un même mouvement, ces choses que nous voyions à la même seconde, et qui nous émouvaient ou nous impressionnaient, cette même ferveur qui nous rassemblait.

Dans les nuances de bleu et de pourpre du ciel vénitien, tandis que le soir s'approche, se souvenir de nos silences, de nos communions, de ce que tu volais aux autres pour moi, et que je prenais comme un enfant ne sachant rien de la valeur des cadeaux qu'on lui offre.

Dans Venise, se souvenir de Paris.

Et puis, faire le compte de ce que je te dois, c'est impressionnant aussi. Je te dois cette métamorphose, que j'ai conservée. Avant toi, j'étais une personne repliée sur elle-même, effrayée par les autres, je me cachais derrière des lunettes qui mangeaient mon visage, j'invoquais ma myopie, j'avais coupé mes cheveux court, je ressemblais à un garçon, je faisais du journalisme comme d'autres font la guerre, j'avais ce côté militante intransigeante, mais je ne militais pour aucune cause, j'avais l'image de quelqu'un de cérébral et froid, c'est, en effet, à se demander comment tu t'es approché de moi. Tu prétendais qu'on pouvait aisément discerner que j'étais une autre, il suffisait de m'ôter mon armure. Tu disais que je n'étais pas aussi glaçante que je me plaisais à le croire. Tu as fait de moi une femme qui accepte son corps, j'ai retiré mes lunettes, je porte des lentilles désormais, j'ai laissé pousser mes cheveux, tu aimais y passer ta main, je sais choisir des robes légères, des jeans qui montrent mes hanches, des bustiers qui dévoilent mes épaules, j'ai appris à sourire, à éclairer mon visage, je ne mène plus de combat contre des ennemis invisibles, j'aperçois les coups d'œil qu'on me jette parfois dans la rue, je n'y réponds pas mais je n'y suis pas insensible. Oui, tout cela, que tu m'as donné, ou que tu as révélé, je l'ai gardé. Sans doute parce que c'est encore une trace de toi.

Un jeune Italien s'est assis près de moi, au Florian, l'autre jour. J'ai compris tout de suite qu'il s'asseyait là parce que je l'intéressais, il m'avait remarquée derrière l'une des vitres. J'étais seule, évidemment, c'est mon état la solitude, je laissais mon chocolat refroidir, tu sais bien que c'est une manie chez moi, cela t'exaspérait, il s'est installé à la table à côté, il a fait mine de ne pas me regarder d'abord mais quand les hommes font semblant de ne pas lorgner le corsage des femmes, les femmes, elles, elles ne voient que ça, leurs efforts, leur maladresse. Il lui a fallu moins d'une minute pour me demander si la fumée de sa cigarette m'importunait. J'ai fait non d'un signe de la tête. À ce moment-là, il ne connaissait toujours pas ma nationalité. Il a ouvert un journal et l'a reposé tout aussitôt. Il s'est tourné vers moi pour engager la conversation, il y avait ça, chez lui, une jolie impatience, la jeunesse. Il a dit quelque chose à propos d'un procès qui se tenait à Rome, dont on parlait beaucoup dans les journaux. Je lui ai répondu que j'étais française, que je ne savais pas l'italien. Il a eu un sourire entendu, comme un remerciement au hasard : il était étudiant en littérature française à l'université de Venise. Nous avons parlé assez longtemps. C'est lui qui parlait surtout, je me contentais d'acquiescer, plissant les yeux, hochant la tête, observant avec intérêt cette tentative appliquée de séduction, comme si elle s'exerçait sur une autre que moi. Il devait mesurer ma réticence, au moins cette distance que je maintenais entre nous, ça ne le décourageait pas. Il faut vraiment rendre hommage aux Italiens pour leur persévérance. Lorsqu'il lui arrivait de me poser des questions, je répondais au hasard ou par un mensonge. Sans doute éprouvais-je le désir de me préserver, de ne pas me dévoiler devant lui, un étranger. Mais il entrait également, dans cette manière de lui dissimuler ma vérité, une part de jeu, quelque chose d'enfantin. Je déteste l'imposture et la manipulation, pourtant cela m'amusait de l'égarer, de le tromper. Et puis, j'ai estimé qu'il était cruel de poursuivre cette conversation truquée alors que j'avais décidé, à la première seconde, avant même notre rencontre, que mon interlocuteur ne parviendrait pas à ses fins. J'ai inventé une excuse, un rendez-vous, je me suis levée sans prévenir. Il a eu l'air interloqué, il a joué sa dernière carte, m'a demandé un numéro de téléphone que je lui ai refusé. Il s'est incliné avec élégance, sans aucune acrimonie. Tandis que je m'éloignais de lui, il a lancé, en italien, pour que tout le café l'entende : « Vous êtes belle, dommage. » Ces mots résonnent encore.

Tout de même, je te dois un aveu : j'ai eu une seconde d'hésitation, une toute petite seconde pendant laquelle, oui, j'ai envisagé de lui laisser mon numéro de téléphone. Je l'aurais fait par jeu, là encore, bien entendu, sans véritable intention, comme font ceux qui surenchérissent au poker, pour le frisson ou pour le bluff, ou tout simplement parce qu'ils savent qu'ils disposent des meilleures cartes, je disposais des meilleures cartes, je les avais entre mes mains ; ce petit jeune homme au regard sombre, aux cheveux noir corbeau en désordre, à la fierté maladroite, je le tenais entre mes mains. Mais je suis capable de résister à l'ivresse singulière des victoires, et – je l'ai dit – je n'ai pas le goût de manipuler. Ce qui importe, toutefois, c'est que cette seconde a existé, et que je n'ai pas tout à fait exclu de céder à son charme. Et, au fond, c'est bien plus qu'une seconde, un instant : c'est accepter qu'un autre homme me regarde, le laisser s'approcher de moi, c'est une chose plus importante qu'elle n'en a l'air. Réjouis-toi.

Parfois, je songe : n'est-ce pas plutôt mon incurable solitude qui te réjouit ? Ne trouves-tu pas ton compte à mon incapacité à me lier à quiconque ? Cela flatte sans doute un peu ta vanité de savoir que tu n'as pas été remplacé. Au moins, cela n'avive pas ta (légendaire) jalousie d'apprendre que nul homme ne s'est emparé de celle qui t'a appartenu.

Curieux, du reste, cette possessivité chez un homme qui n'hésitait pas à mener une double vie. Tu n'étais pas à une contradiction près. Tu maniais fort habilement les paradoxes.

Clément, pour terminer cette lettre sur une note positive, puisque, pour cette fois, je me suis juré de ne pas te décourager dans sa lecture, je veux te révéler enfin que c'est avec une précision presque effrayante, contrairement à ce que je t'ai toujours affirmé, que je me remémore le moment où tu es entré dans ma vie (finir sur un commencement, joli pied de nez, pas vrai ?).

C'était, tu te le rappelles forcément, dans un de ces dîners dont Paris raffole, où il est de bon ton de faire s'asseoir côte à côte un écrivain, une comédienne, un homme politique, une animatrice de télévision, un avocat, une journaliste, un entrepreneur, de jeunes gens en devenir et des starlettes démodées plus quelques pique-assiettes. Nous étions toi et moi l'un de ces personnages-là, ou presque. On t'a installé en face de moi, tu t'es exécuté, tu avais l'air un peu perdu, tu tentais de conserver une contenance mais tu jetais des regards autour de toi en te demandant où tu étais tombé, cela me faisait sourire même si je n'en laissais rien paraître. C'est moi qui ai engagé la conversation, je ne sais plus exactement de quoi nous avons parlé, cela ne devait pas être de choses importantes, tu t'es détendu peu à peu, et, à la fin de la soirée, nous avons promis de nous revoir et nous avons tenu promesse. C'est seulement à notre deuxième rendez-vous que les choses ont pris forme entre nous.

Pendant les années qui ont suivi, je t'ai assuré que cette soirée n'était pour moi qu'un souvenir flou et tu m'as crue. Je t'ai menti, tu viens de le comprendre. Je n'ai pas oublié une minute de ce dîner. Tes yeux affolés, les phrases toutes faites, les rires sonores de ta voisine de droite, le mauvais champagne, les bougies dégoulinant sur les chandeliers installés sur une table prétentieuse, ta gratitude parce que je n'étais pas comme les autres, notre connivence dans le naufrage. Pourquoi te faire cette confession maintenant ? Parce que, du coup, il me faut avouer également t'avoir menti sur autre chose : non, il n'est pas exact que tu ne m'as pas fait grande impression, ce soir-là. Au contraire, je suis tombée amoureuse de toi presque tout de suite. C'est même encore plus fort que ça : j'ai deviné à notre toute première rencontre que tu étais l'homme de ma vie. J'avais jusque-là pensé que cette expression était absolument vide de sens, je me trompais. Et de l'avoir compris là, sans preuves, sans intelligence, ça le rendait incontestable.

Tout de suite, il a été trop tard pour te le dire.

Ou j'ai été trop peureuse.

Je me suis tue.

C'est un misérable et merveilleux secret, non ?

Oui, Clément, tu es bien l'homme de ma vie. Mais nous ne vivons pas ensemble. Mon histoire, au fond, peut aussi s'énoncer en deux phrases.

Tout le reste, les mots, les soupirs, les espoirs, les renoncements, les kilomètres, les avions, les océans, les chambres d'hôtel, tout le reste est, bien sûr, en trop.

Je t'embrasse,

Louise.

Clément,

On m'avait prévenue : il n'y a rien à voir à Torcello. L'île a été la capitale de la lagune jusqu'au Xe siècle mais elle n'est presque plus rien désormais, ne comptant plus qu'une poignée d'habitants. Et c'est cela précisément qui m'a convaincue de faire le voyage. Je voulais abandonner derrière moi pour quelques heures l'entrelacs souvent tumultueux de Venise et me rendre dans un lieu paisible où je ne craindrais pas d'être dérangée par la foule.

Même les touristes viennent en petit nombre. Tant qu'à prendre le bateau, ils préfèrent généralement voguer vers Murano ou Burano. Ceux qui accostent ici sont des enragés ou des égarés.

Je suis allée marcher du côté de l'église Santa Fosca, moins connue et moins appréciée que sa voisine Santa Maria Assunta, m'assure-t-on. Elle est toute ronde, c'est assez curieux, assez joli. Je me suis assise sur un des bancs disposés sous les arbres, sur le côté. J'y suis restée longtemps. Plusieurs heures sans doute, je n'ai pas compté. Cela m'a rappelé d'autres heures, dans le cimetière qui jouxte l'église San Miniato à Florence, sur les hauteurs de Boboli. C'était la même ferveur, le même recueillement. Je devais retenir mes larmes.

En dépit de mon désir d'atteindre une sorte de tranquillité, je n'ai cessé d'avoir l'esprit traversé de questions. Pourtant, à la fin, je me souviens de cette seule interrogation : *est-ce si grave de ne pas aimer, toujours ?*

Et puis, le ciel a viré au gris en fin d'après-midi. Un gris très sombre, très pur, très menaçant. Le temps s'est rafraîchi, j'ai craint l'orage, la violence d'un déferlement. J'ai alors pris le bateau du retour. Nous n'étions que deux à bord. L'autre était un vieillard, qui tenait fermement entre ses mains un livre que j'ai pris pour une bible. Je suis rentrée à l'appartement. C'est de ma chambre que je t'écris ce court billet, il n'a pas d'autre objet que de conserver un instant. Je le déposerai tout à l'heure dans la première boîte aux lettres. Il finira bien par te parvenir.

Et c'est à toi désormais que je pose la question : *est-ce si grave de ne pas aimer, toujours ?*

Je t'embrasse,

Louise.

Dans l'*Orient-Express*

Clément,

Je rentre en France. Je l'ai décidé voici quelques jours, presque sur un coup de tête. C'est venu comme ça, sans réfléchir, ça s'est imposé comme une évidence. Brusquement, j'ai pensé que j'en étais enfin capable. Je n'exclus pas de me tromper, toutefois. Il m'arrive régulièrement de mal évaluer mes forces.

Ou alors ce retour précipité est le constat de mon échec. J'étais partie dans l'espoir d'estomper un peu la douleur, de chasser les images de toi qui me hantaient. Et, à la fin, je suis condamnée à l'admettre : la peine n'est pas vraiment dissipée et tu persistes à me visiter. De toute façon, tous les exils sont illusoires, paraît-il, l'éloignement ne règle rien, et on ne finit jamais très loin du point d'où on était parti. Serais-je en train de le vérifier ? Peut-être. Je n'aurai pas été plus futée que les autres mais je m'en fiche. D'autant que, curieusement, je ne parviens pas à considérer mon besoin de regagner le bercail comme une défaite. Si c'en est une, j'y consens. Et les défaites consenties sont comme de petites victoires, tu ne crois pas ?

J'ai réservé une couchette dans le *Venise-Simplon-Orient-Express.* J'ai voulu savoir ce que c'était. Me frotter à la légende. C'est un peu bête, j'imagine. Un rêve de midinette, de coiffeuse qui casserait sa tirelire. Mais, si je ne le fais pas maintenant, en quelle occasion le ferai-je ? Et puis, il y a pire façon de (continuer à) dilapider l'héritage de mon père. Je crois même qu'il aurait apprécié mon application à dépenser inconsidérablement, lui qui a toujours été fantasque.

Je ne crois pas que le luxe donne de l'élégance à la tristesse, il peut parfois la rendre plus supportable, ou figurer son écrin, c'est tout. Du reste, le chagrin n'est pas une chose tellement belle à voir : dans ce train, au moins, les gens ne le verront pas, ils regardent ailleurs. Il y a tant à admirer, je serai forcément invisible.

Il faut plus de vingt heures pour regagner Paris. Je posterai cette lettre à mon arrivée à la gare de l'Est puisque j'ai choisi de traverser l'Italie, l'Autriche, la Suisse, la France en t'écrivant. Vingt heures pour une lettre : cela devrait suffire.

Il ne m'a pas fallu longtemps pour plier mes bagages. Vrai, j'ai bouclé mes valises en un rien, je me suis étonnée moi-même, je suis si désordonnée, j'ai inspecté l'appartement de Jeanne avec minutie, refermé la porte doucement, il ne restait plus qu'à partir. Un vaporetto m'attendait en bas, il m'a conduite le long du Grand Canal jusqu'à Santa Lucia, on m'a aidée à descendre, un homme a même proposé de porter mes bagages jusqu'au quai, j'ai accepté. Après, c'est un des grooms de l'*Orient-Express* qui s'est occupé de tout, un adolescent aux lourdes boucles brunes, aux yeux gris, je n'ai rien eu à faire, j'ai glissé maladroitement un pourboire dans sa main, il m'a souri sans me quitter des yeux, je suis montée dans le train comme une princesse, ou une accidentée.

J'ignorais que les voitures étaient bleues. Bêtement, je les croyais rouges, d'un rouge bordeaux. On doit se méfier des souvenirs qu'on se fabrique.

J'étais en avance, j'ai attendu longtemps avant que notre convoi ne s'ébranle. De ma cabine, j'ai observé les passagers tandis qu'ils se présentaient, chargés de malles, le ballet vif et précis des employés, une anarchie italienne corrigée par un souci du service dont on perd l'habitude ici, toute une bonne société en goguette flanquée de nouveaux riches en quête d'histoires à raconter pour plus tard. J'ai failli redescendre pour marcher le long du canal une dernière fois, respirer l'odeur âcre des eaux sombres, jeter un ultime coup d'œil à la cité en forme d'adieu, mais ma paresse l'a emporté, et puis cette fatigue de fond qui s'est emparée de moi depuis des semaines. J'ai continué à contempler des femmes d'un certain âge, un peu trop fardées, pour un dîner plus que pour un voyage, entourées par des hommes empressés, empesés, cette affectation des bourgeois, une fausse indifférence.

J'ai profité aussi de cette longue station pour disposer mes effets personnels dans ma cabine, pour m'approprier ces lieux qui sont les miens pour une nuit et presque une journée.

J'ai vidé le contenu de mon vanity-case sur les étagères de ma salle de bains. C'est un grand cabinet de marbre, de glace et d'acajou. Je me suis aperçue dans un des miroirs et il m'a semblé, au même instant, saisir le mouvement furtif d'une silhouette. Je me suis rappelé le garçon à Trinidad, pénétrant furtivement dans une maison, au moment où la diseuse de bonne aventure me jetait ma déconfiture au visage. Je me suis demandé si je ne l'avais pas inventé.

Si les silhouettes insaisissables ne sont pas tout bonnement des fantômes.

Bien sûr, je n'ai pas pu m'empêcher de penser au roman d'Agatha Christie, je m'étais néanmoins juré de ne pas céder mais ç'a été plus fort que moi, j'ai fait défiler dans ma tête les images du film aussi, je les ai comparées, elles sont différentes, je t'assure, mais on déniche quand même des ressemblances, ou on les invente. J'ai pensé : ce serait drôle que quelqu'un meure dans ce train, cette nuit. Ce pourrait être moi.

Et puis, le train est parti. C'était il y a quelques minutes à peine. J'ai disposé des feuilles de papier sur le petit bureau en ronce de noyer, un stylo à encre juste à côté, comme je le faisais lorsque je travaillais à mes premiers articles et j'ai attendu que cela vienne, le désir de te rejoindre, et les mots à te dire.

Le paysage s'est mis à défiler par la fenêtre, c'était la Vénétie encore, pourtant les décors de lagune ont disparu presque tout de suite, ils ont laissé la place à une campagne plutôt verdoyante, un soleil du soir, les maisons se sont faites plus rares.

Nous avançons lentement. C'est même tout à fait frappant, cette lenteur. Il y a quelque chose de rassurant toutefois à *prendre le temps*, quand tout autour de soi va si vite, d'ordinaire.

Un steward a frappé à ma porte. Il portait un costume bleu cintré, une petite casquette un peu vieillotte, des gants blancs impeccables, des galons dorés trop brillants et des boutons assortis. Il s'est présenté à moi dans le but de savoir si je comptais dîner au wagon-restaurant. J'ai répondu oui. L'heure que nous avons fixée est dépassée, il me faut y aller maintenant. Je reprendrai cette lettre à mon retour.

Plus tard,

Il s'agit vraiment de voitures à l'ancienne, je ne m'en étais pas rendu compte. Les wagons datent des années vingt. Ou trente peut-être. Ils ont connu les années folles, tentent d'en retenir l'atmosphère, la légèreté et le clinquant. Ils ont été restaurés pour qu'on les croie flambant neufs. On dirait un décor de cinéma, on n'en sort pas. Les parois sont tapissées de fins panneaux de marqueterie. Où qu'on pose le regard, on tombe sur des dessins d'artistes façon Art déco. Certains sont signés de Lalique, disant cela je fais mon intéressante, je n'y connais rien. Les tables du restaurant sont agencées avec goût, les nappes fraîchement repassées, l'argenterie est rutilante, la vaisselle élégante, c'est une fine porcelaine frappée aux armes de la compagnie, les cristaux des verres sont sans tache, rien n'est laissé au hasard. Ce sont de vraies fleurs dans les petits vases sur le rebord, de vrais parfums de fleurs mélangés aux odeurs de nourriture chaude. J'observe ce décorum comme si j'étais une nécessiteuse, je me sens un peu ridicule mais nul ne s'en rend compte. Après tout, on n'est ridicule que dans le regard des autres.

Les mets servis sont délicats, ceux qui les servent le sont également, ce qui ne gâte rien. Pour quelques instants, nous pourrions perdre de vue que nous sommes juste des clients ayant payé pour ce luxe, et nous imaginer qu'il s'agit là de notre ordinaire. Il suffit de faire le vide dans sa tête pour admettre les mensonges les plus invraisemblables.

Mais évidemment, parce que je suis irrécupérable, je n'ai pas coupé à la nostalgie. Je me suis remémoré un autre dîner, dans un palace désuet, je n'étais pas seule à la table alors, tu me faisais face.

C'était à Sorrente, des années plus tôt. Tu m'avais fait la surprise d'un week-end en amoureux. Nous avions atterri à Naples, pris possession d'une voiture de location, longé la côte amalfitaine, tu accélérais dans les lacets, la corniche m'avait donné le vertige, les coteaux en pente dégringolaient vers les eaux striées de soleil, j'avais aperçu Capri derrière une brume légère, la radio diffusait une musique affreusement sirupeuse, la chanson d'un bellâtre et tu riais. Clément, cette fois où je t'ai vu rire de tes propres tours, j'étais tellement joyeuse.

Je ne me souviens plus du nom de l'hôtel, je me souviens seulement que sa façade faisait une sorte d'à-pic plongeant dans la mer, une terrasse avait été ouverte sur le côté. Nous avions dîné là, à l'abri du vent qui, lorsqu'il parvenait à se faufiler, éteignait les bougies sur les tables vides autour de nous.

C'est étrange : exactement comme aujourd'hui, je portais ce pull blanc léger que tu m'as offert, avec son col en v. Et un jean, des baskets de couleur perle, comme aujourd'hui. Sais-tu que les gens m'ont dévisagée tout à l'heure lorsque je me suis assise au wagon-restaurant ? Toutes les femmes avaient des toilettes apprêtées, toutes étaient accompagnées, normal qu'on m'ait remarquée. De toute façon, je n'ai jamais compris comment il convient de s'habiller dans les endroits chics. Mon ignorance te décourageait.

Très vite, néanmoins, les regards se sont détournés. On éprouve toujours un peu de mépris pour ceux qui ne jouent pas le jeu. On les gratifie d'une indifférence ostentatoire.

Ce soir-là, dans ce restaurant de Sorrente, pour une raison mystérieuse, il n'y avait que nous. Personne ne m'a dévisagée, que toi.

Ce soir-là, tu étais amoureux, sans équivoque possible. Les femmes sentent cela, il me semble. Elles sont régulièrement percluses de doutes, rongées par des inquiétudes, soucieuses de se barder de certitudes, mais il est des moments, des occasions où elles savent intuitivement et absolument que le doute n'est pas permis : l'homme en face d'elles ne ment pas, ne triche pas, il est à leur merci. Elles ont cette assurance, tout à coup, qui les rend encore plus belles. Oui, ce soir-là, à quelques encablures de l'île de Capri, sur une terrasse déserte surplombant un golfe qu'on aurait cru allumé d'incendies, je me suis trouvée belle et j'ai oublié mon anxiété. Tu étais amoureux.

Et puis, c'est passé.

Tu étais cérémonieux aussi. Tu paraissais vouloir conférer une certaine solennité à notre face-à-face, figer quelque chose. Cela ne te ressemblait guère. Tu n'es pas du genre à t'arrêter, à te consacrer à un instant. En l'occurrence, tu consentais à ralentir, à savourer. J'ai cru que tu avais l'intention de me faire une déclaration. Cette idée m'a traversé l'esprit, je le confesse. Mais ce n'était qu'une illusion. Tu t'es contenté de dîner, de boire et de rire, de m'embrasser par-dessus la table, de jouer avec les bougies, tu n'avais rien de particulier à m'apprendre, c'était aussi bien.

Au reste, si je suis parfaitement sincère, je dois admettre que tu ne m'as jamais parlé d'avenir. Jamais d'engagement. Et, si tu n'as rien exigé de moi, c'est vraisemblablement dans le seul but de ne pas te créer d'obligations en retour. Toi, tellement prompt à te projeter dans le futur, à bâtir des projets, tu n'en as formé aucun avec moi. Forcément, il t'arrangeait que je sois ce genre de femmes n'escomptant pas de l'autre qu'il leur jure fidélité, et pour toute la vie en plus.

Apprends que certains jours, comme un scientifique s'amuse à triturer un problème dont il n'existe pas de solution, je me demande : et s'il était resté, s'il nous avait donné du temps, quelle personne serais-je devenue ?

Au fond, je n'ai jamais véritablement appréhendé ce que tu attendais d'une femme. Mon défaut de curiosité ou mon souci de ne pas entraver ta liberté n'expliquent pas tout : il me faut également reconnaître que je n'ai pas eu le loisir de l'apprendre, nos liens se sont dénoués trop vite, tu ne m'as pas laissé une chance de m'imaginer en conjointe, en épouse, je n'ai pas eu à concevoir ce qu'auraient pu être des années à tes côtés, tout a été si bref si je fais le compte ; ces questions, je ne me les suis pas posées tandis que nous étions ensemble.

Alors pourquoi le faire après coup ? Je te l'ai dit : par jeu, à l'instar de ces professeurs cinglés qui alignent les équations insolubles. Et aussi parce que les réponses, même erronées, pourraient m'aider à nourrir moins de regrets.

Car être ta compagne n'est pas obligatoirement un sort enviable. J'ai souvent été déroutée par le peu que tu consentais à me révéler de Claire. Il me semblait que votre relation était à sens unique, Claire t'était entièrement dévouée, et ce dévouement, cette dévotion même ne te gênaient guère, visiblement. Ce qui vous unissait avait l'air si déséquilibré : je ne voyais pas quel plaisir elle tirait d'une telle soumission ni toi d'une telle emprise.

On n'est jamais égaux au sein d'un couple, pour sûr, mais cela ne peut pas être à ce point inéquitable.

Une femme n'est pas nécessairement faible lorsqu'elle plie, elle y met quelquefois aussi de la malignité. Une apparente infériorité est, pour elle, le moyen d'obtenir ce qu'elle convoite. Pourtant, en l'espèce, la beauté de Claire paraissait aller de pair avec une certaine indolence, être indissociable d'une sorte de résignation. Et cela m'effrayait un peu que tu te poses en maître devant sa vassale, que cette posture ne t'embarrasse pas. Tu tâchais de t'en sortir en prétendant que les femmes belles sont plus puissantes que les hommes intelligents mais n'était-ce pas une manière de souligner ta propre intelligence ?

Et moi, dans ces affaires, où le cœur est en jeu, je parviens, en dépit de ma distraction et de mon « bon fond », comme disent les braves gens, à résister à tous les licols, sans en avoir l'air, sans ruer dans les brancards, je n'en fais qu'à ma tête, je n'abdique pas si fréquemment mon libre arbitre. Tu me nommais ton « vaillant petit cheval ». J'ai longtemps pensé qu'il y avait de l'admiration là où il n'y avait en réalité que de l'inquiétude, peut-être.

Je ne t'ai presque jamais dit non et cependant j'ai presque toujours agi à ma guise, prétextant mon étourderie pour expliquer mes manquements. As-tu estimé que je me montrais retorse, capricieuse ? Même si tu ne l'as pas mentionnée ouvertement, cette hypothèse m'a effleurée ; avec le recul elle prend de la consistance. Ou alors c'est moi qui lui en donne, dans le but de me rassurer. De me réserver le beau rôle. Il faut dire que je ne l'ai pas eu tellement souvent. Le beau rôle.

As-tu craint que je te résiste, que je ne manifeste pas la docilité de Claire ? As-tu redouté mes incartades, mes rebuffades ? As-tu refusé de sacrifier un peu de ta tranquillité, ou de ton orgueil ? Ce ne sont pas forcément des interrogations absurdes. Elles demeureront cependant non élucidées.

Mais, si ça se trouve, j'aurais assoupli mon échine. Les amoureuses renoncent à une part d'elles-mêmes. C'est même à cela qu'on les reconnaît.

Aussitôt après, je me demande : aurais-tu continué à t'intéresser à moi si j'avais été moi aussi une compagne obéissante ? En réalité, j'étais condamnée à te décevoir, d'une manière ou d'une autre. C'est ce qu'on appelle la quadrature du cercle. Je m'y suis perdue.

À la fin, je crois que je n'aurais pas changé, rien abdiqué. Tu aurais dû faire avec tout ce que tu me reprochais, explicitement ou non. Nous aurions couru au désastre.

Il faut aimer les gens beaucoup pour les accepter tels qu'ils sont. Tu ne m'aimais pas assez.

Cette dernière phrase, je ne l'écris pas à la légère. Il y a ça : si tu m'avais accordé suffisamment d'amour, tu n'aurais pas eu peur de moi. Tu nous aurais fait confiance. Il a toujours manqué, entre nous, la confiance totale. Nous n'en étions pas loin, certains jours, comme celui-là à Sorrente, mais nous n'avons jamais véritablement atteint cet état, la perfection. Cette réticence irréductible a scellé notre perte.

Non, je ne t'aurais pas offert la sécurité.

Mais aimer, ce n'est pas s'installer une fois pour toutes au sommet de ses certitudes. C'est douter toujours, trembler toujours. Et puis, demeurer vigilant pour éviter que le poison mortel de l'habitude ne s'insinue et nous tue, ou pire : nous anesthésie. Ne pas croire que plus rien ne reste à faire mais au contraire séduire, séduire encore.

Aimer, ce n'est pas gagner à tous les coups. C'est prendre des risques, faire des paris incertains, connaître la frayeur de perdre sa mise pour mieux savourer le frisson de la doubler.

Aimer, ce n'est pas emprunter des routes toutes tracées et balisées. C'est avancer en funambule au-dessus de précipices et savoir qu'il y a quelqu'un au bout qui dit d'une voix douce et calme : avance, continue d'avancer, n'aie pas peur, tu vas y arriver, je suis là.

Voilà que je donne à nouveau des leçons, je me fais une fois de plus sentencieuse. Je dois t'exaspérer. Et, comble de l'ironie, je crois bon de disserter sur l'amour au moment où le train arrive en gare de Vérone ! Mais nous ne sommes pas Roméo et Juliette, Dieu merci. Notre histoire s'est terminée moins mal. Nous, nous sommes vivants. Il convient probablement de s'en réjouir.

Sur les pancartes, il est inscrit « Porta Nuova ». Je ne suis jamais venue dans cette partie de l'Italie. J'ai la tentation de descendre de ma voiture pour aller à la rencontre de cette ville étrangère dans un pays familier mais je me tiens à la décision prise : mon retour en France. Si je commence à faire des haltes à la moindre occasion, je ne regagnerai jamais Paris. Donc je ne ferai que passer dans la cité des amants maudits, c'est aussi bien. Je croise furtivement les regards de ceux qui restent et les perds aussitôt. Déjà, notre convoi s'ébranle. Le quai se vide, s'éloigne, les panneaux disparaissent. Dans quelques minutes, les maisons se raréfieront, ce sera la campagne italienne, les herbes folles couchées par le vent du soir, quelques vignes qui donnent du mauvais vin, la nuit qui gagne. Je vais être seule à nouveau, derrière la fenêtre séparée en deux par une plinthe horizontale en acajou contre laquelle j'appuie mon front. Seule avec ton souvenir, et ton absence, et ton silence, et l'écriture qui tente de les réduire.

La nuit – à Paris ou dans les chambres d'hôtel –, il m'arrive encore de me réveiller et de porter la main sur la partie du lit demeurée inoccupée et d'y chercher ta présence. Dans l'état de demi-sommeil où je me trouve, il me faut plusieurs secondes avant de comprendre, d'admettre ma méprise, et d'avoir honte, et d'avoir mal. Mais, pendant ces secondes-là, j'oscille entre l'effroi et l'espoir, je ressens la peur de l'enfant se figurant que ses parents l'ont abandonné et son désir affolé de s'être trompé. Ce sont des secondes terribles et épuisantes, les suivantes sont juste humiliantes.

Mais cela se produit de moins en moins souvent, signe que je vais mieux.

Ce soir, dans ce train, je ne risque pas de la chercher, ta présence : ma couchette est un espace minuscule. Je contemple la ronce de noyer qui brille, les draps frais, l'oreiller moelleux, il n'y a de place que pour un corps de femme.

Et, de toute façon, le mouvement de ma main sur le papier rugueux me rappelle ton éloignement et l'effort à accomplir pour te rejoindre.

L'éloignement te va bien. Même lorsque nous formions un couple, quel drôle de mot, tu t'arrangeais pour maintenir une distance entre nous, entretenant des mystères, ne terminant pas tes phrases, ou lançant : « Tu ne peux pas comprendre » ou : « Je ne veux pas t'embêter avec ça. » Je n'insistais pas. Du coup, je t'ai toujours regardé comme dans un halo, comme derrière un voile. D'ordinaire, ce sont plutôt les femmes, je crois, qui s'efforcent d'être énigmatiques. En l'espèce, c'est toi qui veillais à ne pas être transparent. Je l'acceptais.

Je posais peu de questions. Tu n'aurais pas répondu.

Un jour, je suis tombée sur une photo de toi, enfant. Tu avais résolu de mettre de l'ordre dans ton appartement, vidé les placards, les tiroirs, amassé les sacs-poubelle. Tu prétendais qu'il fallait faire du rangement régulièrement, tu disais : faire place nette, et cette expression ne me glaçait pas encore les sangs, tu assurais que les gens qui ne sont pas capables de jeter, qui hésitent à se séparer de vieilleries qui ne leur sont d'aucune utilité sont d'incurables nostalgiques que le passé entrave, tu disais : tout mouvement est impossible si on est entravé, c'était ton mot, le mouvement, je t'écoutais, je n'étais pas d'accord avec toi mais ça n'avait pas d'importance. Ce jour-là, c'était une crise plus violente que d'autres : il te fallait te débarrasser de tes souvenirs d'enfance, il y avait un petit tas de photos, certaines en noir et blanc, d'autres dans des couleurs incertaines, verdâtres, qui fleuraient bon les années soixante-dix. Sur ces photos, des gens souriaient, tes parents, ta sœur, il s'agissait de clichés de vacances pour la plupart, on pouvait voir la mer, la lumière de juillet sur les bras, les épaules. Et puis, il y a eu cette photo, tu devais avoir quatre ans, c'était difficile de donner un âge à ce garçonnet, tu avais des cheveux blonds, longs, une mèche tombait dans tes yeux, ta tête était penchée en avant, tu paraissais affairé, on ne savait pas à quoi, peut-être simplement à ramasser un jouet ou un insecte, tu portais une chemisette blanche, tu ressemblais à un ange, c'est un peu indigent d'énoncer les choses de la sorte mais c'est vraiment ça, toutefois : un ange. Je me suis attardée sur cette image arrêtée de ton enfance, alors tu t'es approché de moi et tu as fait le geste de me l'arracher des mains, tu n'avais pas envie que je te découvre ainsi, pour une raison que j'ignore, tu ne m'as rien expliqué, j'ai lutté, je t'ai supplié avec un sourire, j'ai demandé à revoir la photo mais tu l'as déchirée sous mes yeux, tu en as fait des confettis, cette violence m'a décontenancée, elle m'a effrayée aussi, j'ai eu le sentiment que tu me dissimulais quelque chose ou que tu entendais me blesser, je n'ai plus rien dit, je t'ai simplement observé, interloquée, tu es retourné dans le salon sans un mot, je suis restée par terre, avec les morceaux épars de la photo déchirée, l'enfant en lambeaux, l'ange massacré. Si je revoyais ce visage aujourd'hui, je le reconnaîtrais instantanément, il est fixé dans ma mémoire. Pourtant, ce n'est pas ton visage, je ne t'y ai pas retrouvé, je ne t'ai même jamais connu une expression qui appartienne à ce garçon de quatre ans, c'est à se demander si c'était toi.

En définitive, ces lettres que je t'envoie, même si elles ne contiennent pas d'interrogations, ne sont-elles pas le moyen que j'ai trouvé pour tenter de mieux te connaître ? En interrogeant nos liens, il se pourrait que je te cerne davantage. Que je rassemble les pièces dispersées d'un puzzle.

Allez, assez des mensonges, assez des minables arrangements avec la vérité ! Il y a ceci que j'ai fini par comprendre (ou plutôt par admettre tellement ça crevait les yeux), une évidence qui n'est pas à mon honneur, une réalité médiocre et indiscutable : cette écriture supposée t'être destinée, être tournée uniquement vers toi, dédiée, réduite à toi seul, n'avoir d'autre objet que de t'atteindre, oui, cette écriture-là, censément dépouillée de toute volonté autre, n'est évidemment qu'un acte profondément égoïste. Je sais bien, et depuis le début, qu'elle n'est que pour moi, cette écriture, que j'en suis l'émettrice *et* la destinataire, qu'elle va de moi à moi. Peu importe qu'elle soit sinueuse, qu'elle emprunte des chemins détournés, elle revient à son point de départ ; s'est-elle même départie de son immobilité ? Mais n'est-ce pas là le lot de toute écriture ? On n'écrit jamais pour les autres, jamais. On n'écrit que pour soi. On prétend dialoguer mais tout n'est que soliloque.

Les lieux eux-mêmes ne sont rien ; les voyages, les exils. Ils sont une simple diversion. Ils créent l'illusion du mouvement, le mirage d'une volonté, mais, quoi qu'on fasse, on demeure enraciné et cet enracinement est au chagrin. Même dans l'éloignement, on reste accroché à un point fixe et ce point fixe, c'est la détresse. Le changement de décor ne change rien. Puisqu'à la fin, ce qu'on regarde n'est pas au-dehors mais au-dedans.

Pardon, pardon pour le désordre de ma pensée. Voilà qu'après ce brusque accès de lucidité méchante, je souhaite revenir au terme étrange, employé tout à l'heure : « couple ». Non, nous n'étions pas cela, cet attelage. Des couples, il y en avait tout à l'heure au wagon-restaurant. Je les ai vus. Certains se tenaient la main, ils célébraient peut-être quelque chose, le voyage en *Orient-Express*, c'était peut-être un cadeau, une ancienne promesse. D'autres ne se parlaient pas, sans que je puisse déterminer s'ils communiaient ou s'ils s'ennuyaient. Je crois beaucoup à l'ennui dans les couples. D'autres enfin échangeaient des banalités : ils m'ont paru les plus intéressants. Les conversations ordinaires soudent, elles sont un ciment, ce n'est pas haïssable. Nous n'étions rien de tout cela, ou alors alternativement, ou encore par éclipses. Je ne prétends pas que nous étions meilleurs, je fais simplement remarquer que nous ne savions pas être comme eux, cela me plaisait, cela nous a condamnés.

Un couple, c'est exactement ce que tu as réussi à constituer avec Claire. Une chose ronde et rassurante, une pierre polie. Ne le nie pas.

Mais je persiste à ne pas envier *cette existence-là*. Et, quand la douleur de vous imaginer enlacés tous les deux m'assaille, il me suffit de penser à *cette existence-là* et la douleur se dissipe.

Oui, tu as bien lu : quelquefois, je songe à vos étreintes, je connais ton corps par cœur et je sais sa silhouette à elle, cela n'exige pas tellement d'imagination, je vois vos peaux se toucher, vos mains s'affoler, vos bouches se prendre, j'entends vos gémissements, vos efforts, cela me fait un mal, tu ne peux pas savoir et alors j'ai ce truc infaillible : me rappeler que le prix à payer est cette *existence-là*, dont je n'aurais pas voulu. Ce n'est pas du dépit, c'est une certitude, une des seules qui me reste, alors ça passe, les images s'estompent, elles sont remplacées par d'autres où il ne manque que les grains de riz au sortir de l'église ou un landau qu'on pousse dans des parcs dominicaux, celles-là me font horreur.

Je dois être honnête : le truc n'est pas infaillible. Ou plus précisément il n'annule pas la douleur, se contentant de la tenir en respect, un peu. Je pourrais dire aussi : il la transforme en élancement. Tu sais, le genre d'élancement qu'on ressent après les coupures qu'on se fait au doigt avec une feuille de papier, oui, parfois on met de l'ordre à un paquet, on rassemble les feuilles, le doigt glisse sur la tranche, et on se taillade, ça n'a l'air de rien au début, ça brûle un peu, on porte le doigt à sa bouche, on avale la goutte de sang qui perle, on peste contre sa propre maladresse, on se dit : ce n'est rien, mais le lendemain, une petite cicatrice est ouverte, elle nous chauffe, chaque fois qu'on pose le doigt sur un objet, un stylo, la coupure se rappelle à nous, elle peut même finir par nous obséder, eh bien, là, c'est pareil.

Apparemment, nous approchons d'Innsbruck. Notre train a ralenti son allure. On dirait qu'il va s'immobiliser au milieu de nulle part. Dans le noir qui désormais s'est emparé du dehors, je ne parviens pas à distinguer la laideur de la banlieue que nous traversons mais j'aperçois, dans le lointain, étrangement fixes, les lumières de la ville.

L'épuisement me gagne, pourtant j'ai résolu de ne pas dormir, ou le moins possible. Je veux ne pas manquer les stations dans les gares. Ne pas perdre le fil malgré le roulis. Je veux que cette lettre s'écrive.

J'ignore quand nous avons quitté l'Italie, franchi la frontière, je ne m'en suis pas rendu compte, on ne nous a pas fait d'annonce. J'aurais bien aimé qu'on nous le signale. Ce n'est pas rien, tout de même, de laisser un pays derrière soi.

Machinalement, je me lève, je voudrais trouver un *butler* pour me renseigner. J'ouvre ma porte, passe la tête mais les coursives sont désespérément désertes. Pas même le moindre fêtard américain, qui ferait entendre son rire du côté de la voiture-bar. C'est un de ces soirs éteints, qu'évoquait tout à l'heure à demi-mot le maître d'hôtel italien. Du reste, le pianiste dans son habit en queue-de-pie en rajoutait dans le lamento. Je referme ma porte tandis que les panneaux annonçant Innsbruck se dessinent dans la brume.

Je n'aime pas l'Autriche, je crois. Je ne m'y suis pourtant jamais rendue. Il s'agit d'une première aujourd'hui. Cela me convient de n'y faire qu'une halte. À coup sûr, je ne me plairais pas sur ce territoire.

Bien entendu, il y a les Alpes mais je ne les aime que françaises, moi qui n'ai en rien l'esprit cocardier. Je les sens autour de nous, quelque part au fond de la nuit, je les sens comme une menace, elles ne me protègent pas, elles seraient capables de s'abattre sur ce train.

Je ne parle pas l'allemand. Cet *haupt-bahnhof* qui s'inscrit sur les murs de granit à l'approche de la gare, que signifie-t-il ? Même les mots ordinaires constituent pour moi un mystère infranchissable. Dans certaines contrées, le mystère me rassure ou me berce : ici, il m'inquiète. On me reprochera cette antipathie de principe, on évoquera les stigmates d'incendies mal étouffés, on aura tort. Car il faudrait alors nourrir les mêmes préventions à l'égard de l'Italie, ce qui n'est pas le cas. Non, il y a simplement des lieux où l'on se sent un intrus. L'Autriche, sans explications valables, est de ceux-là.

Je me calfeutre dans ma cabine, alors que nous venons de nous arrêter. Tout est calme, endormi dans le wagon. J'observe qu'il ne monte et ne descend presque aucun voyageur. Sur le quai, un employé de la compagnie ferroviaire, un petit gros engoncé dans un costume d'opérette, se prépare à donner le signal du départ. Il a un sifflet dans la bouche, un air cérémonieux, il prend visiblement son rôle très au sérieux. Soudain il siffle à s'époumoner et notre convoi s'ébranle. La machine est lourde, elle redémarre avec difficulté, il lui faudra sans doute plusieurs minutes avant d'atteindre sa vitesse de croisière. Il me plaît, cet ébranlement lent, celui d'un vieux chien qui s'ébroue.

Pourquoi te raconter tout cela ? Pourquoi te confier ces détails ? Mais parce que tu m'accompagnes dans ce périple.

Plus tard,

Je relis les derniers mots écrits : tu m'accompagnes dans ce périple. C'était l'Autriche encore. C'est la Suisse désormais. Zurich dans le petit matin.

Je me dois d'être honnête : j'ai perdu mon combat contre la somnolence, contre l'endormissement. La fatigue a été trop forte au milieu de la nuit, je suis allée m'étendre sur mon lit sans me glisser sous les draps, je me suis assoupie évidemment, et c'est le jour qui me réveille par la fenêtre dont je n'ai pas tiré les rideaux, qui me trouve dans la position où le sommeil m'a cueillie, sur les couvertures à peine froissées. J'ai les cheveux en désordre, les yeux rougis, une trace d'oreiller sur la joue, la bouche pâteuse. J'étire mes membres avec l'espoir de m'extraire de mon coma mais je devrais me souvenir que, même dans l'enfance, ce geste était parfaitement inopérant. Je demeure longtemps en position assise sur le rebord du lit, un peu hébétée, inapte au moindre mouvement, ne pouvant même pas envisager de me lever.

Mes réveils suscitaient ton ironie, les matins où tu étais de bonne humeur. Tu n'avais jamais connu une femme éprouvant autant de mal à s'arracher à la chaleur des draps, mettant autant de temps à poser un pied sur le plancher, étant aussi peu capable d'articuler la moindre phrase. Tu te moquais de mes paupières mi-closes, de mon visage bouffi, de mes jambes lourdes. Tu me regardais avec un air navré et goguenard, les poings refermés sur tes hanches. Tu venais m'embrasser dans le cou. Et moi, je finissais par en sourire mais c'était long, quand même, avant que ce sourire se dessine.

Certains jours, cette inertie t'agaçait prodigieusement. Tu étais pressé, las de m'attendre, exaspéré par mon manque d'énergie, tu m'accusais de te mettre en retard alors que ton emploi du temps ne dépendait en rien de mes réveils, tu me houspillais, et je me forçais à me lever et c'était pire encore, tu préférais quitter l'appartement, tes baisers ressemblaient à des morsures, je me recouchais dès que tu avais franchi la porte.

Rien n'a changé.
Sauf que tu n'es plus là.

J'ai longtemps cru que Zurich était la capitale de la Suisse. Le jour où tu m'as fait remarquer mon erreur, j'ai dit : ah oui, bien sûr, c'est Genève, je me rappelle ton accablement, je n'ai jamais été très bonne en géographie et j'ai oublié mes cours d'histoire. Beaucoup de gens se trouvent dans mon cas, j'en suis persuadée, même s'ils ne le reconnaîtront pas. La vérité, c'est que personne ne connaît rien à la Suisse et que tout le monde est infichu de situer les villes les unes par rapport aux autres. Oui, qui peut dire si Fribourg est au sud ou au nord de Berne ? évaluer la distance séparant Neuchâtel de Lausanne ? affirmer que Lugano ne se trouve pas en Italie ? Pas moi, en tout cas. Sauf pour Lugano, je suis incollable sur l'Italie.

Ici, les paysages ont un peu perdu de l'austérité autrichienne. Et le lac a des vertus apaisantes. Ses eaux bleutées qui semblent froides même en cette saison sont toutefois parsemées de reflets dorés. Les ridules se formant à leur surface n'ôtent pas, à qui les observe, l'impression sinon d'une immobilité au moins d'une grande tranquillité. C'est un éveil en douceur, un matin calme. Cela existe.

Notre train a considérablement ralenti, il fait presque du surplace, il serpente péniblement entre des cours d'eau, des précipices et des pics enneigés. Je me garderai de me livrer à des plaisanteries douteuses sur la réputation de lenteur de ce pays mais il faut avouer que notre allure n'a jamais été aussi faible. Cette paresse me convient, elle accompagne à merveille ma sortie des limbes.

Sans raison, je me pose cette question : te reconnaîtrais-je si je te revoyais ? Je veux dire : un être peut-il changer au point de nous devenir un étranger ?

Parfois, il suffit de presque rien : des rides au coin des yeux, quelques cheveux blancs, le corps qui s'empâte, une démarche un peu plus lourde, des vêtements trop sombres, de nouvelles lunettes et ceux qu'on était convaincu de connaître bien sont tout autres. D'emblée, on aperçoit sur eux quelque chose de changé sans savoir le nommer, le désigner, on cherche ce qui s'est produit, ce qui a été modifié, mais on hésite à fixer l'autre, ne voulant pas risquer d'apparaître malpoli, on adresse des œillades furtives pour dénicher une réponse et on ne la trouve pas, on reste là, avec ce mystère irrésolu, avec cette conviction que le temps passe et se joue de nous.

Tu ne ressembles forcément pas à mon souvenir, tu y ressembles d'autant moins que la mémoire toujours idéalise les êtres, gommant leurs défauts, leurs aspérités. Tu ne peux plus être cet homme idéal, éternellement jeune, avec un sourire accroché aux lèvres, un air vainqueur. Tes traits ont vieilli, se sont faits plus sévères sans doute. Aujourd'hui, tu es forcément un homme préoccupé et responsable tandis que je me remémore ton insouciance et ton énergie.

Moi aussi j'ai changé, tu sais. Les photos qui accompagnent mes chroniques dans les magazines sont trompeuses, elles datent de plusieurs années, elles montrent une personne que je ne suis plus. Mes cheveux sont plus souples, mon visage n'est plus celui d'une jeune femme, personne ne m'appelle plus mademoiselle, mes hanches se sont arrondies hélas, j'ai lutté pour rien. Dans le miroir de mon compartiment, je vois bien que la lutte est perdue, c'est immanquable. Cette défaite m'a désolée d'abord mais je m'efforce d'en prendre mon parti. Et, de toute façon, je ne cherche pas à séduire.

Ces considérations n'ont pas d'utilité, voilà ce que tu penses, n'est-ce pas ? Puisque nous ne nous reverrons pas. Puisque nous n'aurons pas l'occasion de mesurer sur l'autre les ravages du temps. Il est probable que même le hasard désormais ne nous remettra pas en présence. N'empêche, je conserverai ce regret : ne pas savoir précisément l'homme que tu es devenu.

Alors tu demeureras, malgré toi, malgré moi, cet amoureux sans beaucoup de défauts. Certains jours, je m'en réjouis. Et d'autres, non. D'autres jours, en effet, ce constat me dévaste. Pourquoi ? Mais parce que, à certains égards, je le confesse, cela m'aurait arrangée que tu sois un peu détestable. Par exemple, tu aurais pu commettre un impair irréparable J'aurais pu te surprendre avec une autre femme, être le témoin d'une trahison impardonnable. Tu aurais pu te montrer indélicat, obscène avoir des paroles malheureuses, des gestes violents, ce ne sont pas les occasions qui manquent à un homme de se comporter en mufle. Mais non. À ta manière, tu auras toujours été irréprochable. Nulle turpitude irrémissible, pas le moindre écart visible, pas de véritable maladresse, qui auraient entraîné ta condamnation, ton excommunication. Bien sûr, il t'est arrivé, et plus d'une fois, de m'agacer, de me rendre folle. Il y a eu entre nous des mots, des discussions hâtivement conclues, des bouderies, mais nous trouvions le moyen de nous réconcilier, l'un ou l'autre cédait, moi plus régulièrement que toi, cela va sans dire, et nous renouions dans les draps les liens momentanément distendus. Oui, il aurait été plus simple que tu sois un sale type, que tu t'exposes aux reproches, tu ne m'as pas laissé la chance de te blâmer. Je t'aurais oublié plus vite si je t'en avais voulu. Ça ne s'est pas passé comme ça.

Plus tard encore,

Dans le wagon où l'on sert le petit déjeuner, j'étais presque seule tout à l'heure. On m'a indiqué, sans pour autant me le reprocher, que j'étais une des dernières à me présenter, les autres étaient venus beaucoup plus tôt. Tout de même, une vieille dame était installée à une table un peu plus loin, je dis vieille mais j'étais incapable de lui donner un âge, soixante-dix ans peut-être, ou moins. Elle était vêtue de blanc, avait une élégance discrète, des yeux qui m'ont semblé rieurs, nos regards se sont croisés à plusieurs reprises, il passait de la bienveillance dans le sien, ou marquait-elle une solidarité avec ma solitude ?

J'ai eu envie de lui parler, d'accomplir un mouvement dans sa direction, une telle audace ne me ressemble pas cependant, c'est son affabilité apparente qui me portait vers elle, je n'avais rien à lui dire et puis j'ai songé qu'elle avait peut-être délibérément choisi de se restaurer en dehors de l'heure d'affluence afin de ne pas être dérangée, je n'ai pas bougé de ma place, n'ai pas engagé la conversation. Cela te paraîtra pathétique, j'en suis convaincue, mais j'ai trouvé que je lui ressemblais. C'est ça, j'étais déjà cette vieille femme seule, pas vraiment triste, pas vraiment engageante non plus, aimablement distante tout au plus, dans le wagon-restaurant d'un train de luxe.

Tout en émiettant un croissant, je contemplais distraitement par la vitre la vallée suisse, un paysage monotone, tout ce vert, cette bonne santé, cela ne me faisait rien, ne provoquait aucune réaction, ne me procurait aucune sensation. Ce dehors m'était absolument étranger.

Un journal était disposé à côté de mes couverts. J'ai hésité à l'ouvrir, et finalement renoncé. Je n'avais pas envie de découvrir les nouvelles du monde. Je sentais que les malheurs des hommes auraient roulé sur moi comme les gouttes de pluie sur les ailes des canards, rien n'aurait retenu mon attention. Je mettais cette indifférence sur le compte de ma fatigue, de ma difficulté à m'extraire de ma léthargie mais, si je suis parfaitement honnête, il me faut reconnaître que la raison n'était pas celle-ci.

Les serveurs attendaient sans impatience que je termine mon café. Ils s'adressaient des messes basses à l'oreille. Ils ne parlaient pas de moi, je crois. On s'en rend compte lorsqu'on est l'objet de remarques étouffées : visiblement, je ne les intéressais pas, c'était aussi bien ainsi. Lorsque je me suis enfin levée pour regagner ma cabine, ils m'ont saluée sans servilité et souhaité une bonne journée. Je leur ai souri en retour. Je me suis demandé depuis combien de temps je n'avais pas souri.

À l'instant où j'achève le récit de cet épisode matinal, nous faisons une halte en gare de Bâle.

J'ai séjourné ici, il y a quelques années. Je devais m'y rendre avec toi mais, au dernier moment, tu m'avais annoncé que tu ne pouvais pas partir, pas quitter Claire, tu craignais qu'elle se doute de quelque chose, il te fallait donner des gages, j'avais renchéri en disant : « lâcher du lest », ça ne t'avait pas fait rire. Pourtant, c'était bien de cela qu'il s'agissait : te séparer d'un poids susceptible de t'entraîner par le fond, dans le but de remonter à la surface. Il serait toujours temps de venir me rechercher dans mes profondeurs, si j'étais encore vivante, si j'avais su m'accommoder de ne plus respirer pendant les jours de ton absence, de ta lâcheté.

Il t'arrivait quelquefois de me faire faux bond, tu t'excusais toujours, tu débusquais de bonnes raisons, j'ignorais s'il s'agissait de mensonges ou non, je préférais ne pas savoir, faisant celle que ça ne touchait pas vraiment, faisant mine de te comprendre, de t'absoudre, j'entendais ne pas me disputer avec toi, j'étais le plus souvent mortifiée. J'aurais peut-être dû te faire des reproches, des scènes même, mais ce n'est pas mon genre, je tiens en horreur les gens qui se donnent en spectacle ainsi que les récriminations ostentatoires. Je m'enfermais chez moi, je débranchais le téléphone, je me passais de vieux films en vidéo. Il y en a que je ne suis plus capable de revoir car ils me ramènent inévitablement à ces heures de détresse. *Paris Texas*, par exemple. Oui, c'est impossible de regarder *Paris Texas*. J'ai même cessé d'essayer.

Pour Bâle, j'avais tenu bon. Malgré ta défection, j'étais partie quand même. Je devais être particulièrement en colère. J'avais jeté ton billet d'avion, conservant seulement le mien. C'est étrange toutefois : à bord de l'appareil, la place à côté de la mienne était vide. Les aléas de l'enregistrement, c'est tout. La coïncidence m'avait heurtée.

À l'arrivée, il ne faut pas se tromper. D'un côté, c'est Mulhouse et la France. De l'autre, Bâle et la Suisse. La frontière traverse l'aéroport. Je ne me suis pas trompée.

Mon hôtel était une ancienne prison, juchée sur les hauteurs de la ville. J'ai oublié son nom mais je revois distinctement la chambre, la porte étroite, le plafond bas, l'austérité de la pièce, des fenêtres ouvertes dans des meurtrières, pas de télévision, une extraordinaire frugalité, un calme imbattable. Il faudrait que je retrouve le nom, c'est agaçant de n'avoir pas cette sorte de mémoire.

Les rues, les maisons sont assez jolies. On dirait un village de poupée. Les façades sont colorées. Sur une place tournait un manège.

Mais, surtout, j'étais venue là dans l'intention de me rendre à la fondation Beyeler. Le très bel édifice dessiné par Renzo Piano est déjà en lui-même saisissant. À l'époque une expo Bacon était programmée, dont on parlait dans toute l'Europe. J'avais le désir de me confronter aux chairs rougies, aux corps suppliciés, déformés, aux crucifixions, aux images pieuses détournées. Certaines toiles de l'artiste anglais étaient mises en perspective avec les œuvres qui les avaient inspirées. Les portraits de papes voisinaient avec les représentations de Velázquez, les nus avec les modèles de Géricault, les cages avec les espaces délimités par Giacometti, les ronds évoquaient les arènes de Picasso ou de Goya. Tu aurais détesté ça. Tu aimes uniquement ce que tu comprends au premier regard. Tu as bien fait de ne pas venir.

Ce temps me paraît lointain. Je ne suis plus cette femme courant les musées, à la recherche de sensations fortes. Je ne suis qu'une femme fuyant les souvenirs qui inlassablement la rattrapent.

Des douaniers en uniforme viennent de vérifier mon passeport. Ils étaient assez affables et assez peu soupçonneux. On imagine mal en effet des porteurs de bombes dans un train comme celui-là mais peut-être manque-t-on d'imagination justement. Celui qui m'a contrôlée m'a rendu mes papiers avec un sourire. Je lui ai demandé si nous nous trouvions en France désormais, il m'a répondu oui, avec un air de surprise. J'avais besoin que quelqu'un me le confirme : me voilà de retour au pays après des mois d'exil. J'avais besoin de l'entendre *pour y croire*. J'ai éprouvé, dans le même instant, deux sentiments en apparence contradictoires : du soulagement et de la crainte. Ils ne m'ont pas abandonnée.

Je contemple désormais plus attentivement les terres qui se déploient devant moi, elles ne sont pas tellement différentes des vallées de l'ouest de la Suisse, il me semble pourtant que quelque chose a changé depuis que nous avons franchi la frontière, quelque chose que je ne sais pas nommer et puis, tout à coup, l'évidence s'impose à moi : je reconnais les noms écrits sur les panneaux indicateurs à l'approche des villes ou le long des routes, je reconnais la langue.

Une secousse.

Avec le langage, avec les noms ordinaires, mon pays m'est redonné, comme s'il s'agissait d'un bagage laissé en consigne. J'ai présenté mon ticket et on m'a restitué mes effets, je les ai repris, voilà.

Les paysages me sont même tout à coup si familiers que je me demande si je les ai quittés un jour. Et, puisque je sais les avoir quittés, c'est comme si le temps depuis mon départ se contractait, pour se réduire à presque rien. Je dois me rendre à l'évidence : les voyages n'ont pas fait de moi une étrangère. Ils m'ont éloignée mais pas déracinée. Ils m'ont exilée mais pas expatriée. Tout me revient.

Dans quelques heures, ce sera Paris. Je ne sortirai plus du compartiment, je n'irai pas déjeuner, d'ailleurs je n'ai pas faim, je vais rester cloîtrée au milieu de cette marqucterie, dans les effluves des années vingt, et achever cette lettre décousue, tu dirais : incohérente, terminer ce périple comme je l'ai entamé : en ta compagnie, et escompter qu'en la postant à la gare de l'Est un nouveau départ sera possible.

Je n'ai prévenu personne de mon retour, pas même Jeanne. Je ne suis pas sûre de ne pas m'effondrer sur le quai, de ne pas avoir les genoux qui flanchent, de ne pas être la victime d'une faiblesse, d'un écrasement, je ne tiens pas à me donner en spectacle. Tu penseras que j'exagère, tu auras tort, le corps parle quelquefois, on ne peut pas l'empêcher de s'exprimer, et puis, ça passe, tout passe.

Je prendrai un taxi, je rentrerai calmement chez moi, je baisserai la vitre pour avaler un peu de la pollution et sentir un peu de soleil chauffer mon bras, le chauffeur m'aidera à descendre mes valises au pied de mon immeuble, il me restera à monter les deux étages, ouvrir la porte, et la refermer. Allez, tout ira bien.

Il n'y aura pas de lettres dans la boîte : elles seront disposées sur la table du salon, Jeanne est passée chaque semaine relever mon courrier. Il y aura des messages sur mon répondeur mais pas tant que ça : il sature très vite. Toi, tu n'auras adressé aucun signe.

Pourtant, je ne pourrai pas faire autrement que d'espérer, en inspectant les écritures sur les enveloppes, en faisant défiler les voix. Je le sais déjà : à la fin, quand il ne fera plus aucun doute que tu ne t'es pas manifesté, alors je m'écroulerai.

Nous n'en sommes pas là. Savourons les dernières heures de cette expédition. Le luxe suranné, la flânerie majestueuse, la belle solitude. Savourons cette tranquillité trompeuse, avant les possibles turbulences.

Je t'embrasse,

Louise.

Paris

Clément,

À quand remonte ma dernière lettre ? Oui, bien sûr, mon retour de Venise, en *Orient-Express*. Comment oublier ? Mais il s'est passé tant de choses dans mon existence ces dix-huit derniers mois : une brèche s'est ouverte ou plutôt un gouffre s'est creusé entre mon passé, même récent, et ce que je vis aujourd'hui. Si je me retourne, je suis capable d'apercevoir l'autre rive mais il me faut plisser les yeux, ajuster le regard, mettre ma main en visière. Si je poussais un cri, en percevrait-on l'écho de l'autre côté ?

Je dis : « tant de choses » mais, en vérité, la formule est abusive. Il me suffirait de dire : « il s'est passé Vincent » et j'aurais dit l'essentiel.

Je vais te parler de lui. Je vais te parler de lui, et après ce sera fini. Je te le dois, me semble-t-il. Tu prétendrais que je ne te dois rien mais, en réalité, c'est comme une dette à régler.

Ou un compte à solder. Après, nous serons quittes.

Tu ne pourras pas t'empêcher de penser que je cherche à prendre une revanche, à remporter enfin une victoire (bien illusoire, si l'on veut bien y réfléchir), ou que je me soulage. Mais tu te tromperas. Je n'en suis plus là. Je ne ressens plus le besoin de me mesurer à toi, ni de tout juger à l'aune de ce que nous avons vécu ensemble. Je suis passée à autre chose, tu peux me croire, même si une telle métamorphose est difficile à imaginer.

Je ne renie pas la femme que j'ai été, ni les souffrances que j'ai endurées, ni le ressentiment que j'ai éprouvé, ni la difficulté que j'ai eue à m'extraire de la gangue dans laquelle j'étais enferrée. Je possède assez de lucidité désormais pour me rappeler d'où je viens. Mais j'ai changé, voilà, parce que les choses autour de moi ont changé, tout simplement.

Je te l'affirme, je ne suis plus cette femme endommagée, cabossée, traversée par des humeurs contraires, tantôt bravache et fière, niant la douleur, tantôt écrabouillée, implorant un geste de toi. Parfois bercée par la douceur de certains souvenirs, le plus souvent écorchée par les coups de boutoir d'une mauvaise mémoire. Ici apaisée momentanément, presque sereine, et là fébrile, fragile à pouvoir se briser. Acceptant la défaite, ton absence, et puis, l'instant d'après, s'ingéniant à ironiser sur l'homme que tu es devenu.

Elle a dû t'épouvanter un peu, cette femme-là, tellement ballottée, paradoxale, avec ses loopings, ses orgueilleuses protestations et ses piteuses retraites. Tu l'as forcément trouvée misérable. Elle t'a irrité aussi, à te donner des leçons, à t'expliquer la vie, qu'est-ce qu'elle y connaît, à la vie, hein ?

Je sais qu'elle a bel et bien existé, mes lettres te parlent d'elle, conservent sa trace. C'était moi, ça ne l'est plus.

Il fallait vraisemblablement que j'en passe par là, c'était inévitable, impossible d'y couper. Il fallait ce désordre affectif, ces incohérences intimes, ces mouvements anarchiques, ces convulsions qui n'étaient rien d'autre que de pauvres tentatives pour échapper à ma tristesse. On voit de temps en temps à la télévision des mouettes engluées dans le pétrole, après les marées noires, elles se débattent pour s'extirper de la glu, agitent leurs ailes avec l'énergie du désespoir pour ne pas mourir là, comme ça, bêtement. Le plus souvent, elles sont prises au piège, incapables de s'en extraire, leurs ailes finissent par céder, et elles avec, elles se figent alors dans le noir d'une flaque, mortes. Il arrive, rarement, que quelques-unes s'en sortent, plus chanceuses, moins atteintes, plus courageuses, armées d'un instinct de survie plus fort. Celles-là, en général, sont aidées par un heureux coup du sort, un vent violent, une marée généreuse qui emporte la flaque où elles croupissent, un touriste bienveillant qui les libère ; et alors elles retrouvent leur envol, abandonnent derrière elles le fuel collé à leurs ailes, à leurs pattes, elles se hissent lentement, mais elles se hissent, elles s'en sortent. Je suis une de ces mouettes chanceuses.

Honnêtement, je ne pensais pas m'en tirer. Lorsque j'ai posté la lettre à la gare de l'Est, il m'a semblé lancer une énième bouteille à la mer. Mon acte m'a paru absolument nécessaire et absolument vain. Je devais faire cela, t'écrire, t'écrire encore, tout en sachant que cette occupation était vouée à l'échec. Cela s'appelle un cercle vicieux. Normalement, on ne s'en échappe pas.

Et puis, au fond de moi, je savais que je me heurterais une fois encore à ton silence, ton inébranlable silence. Que je n'aurais pour réceptacle de mes névroses que ton indifférence, la puissance de ton mutisme. J'envoyais des lettres à quelqu'un qui n'y répondrait pas, les lirait, agacé ou distrait, ne les terminerait peut-être même pas, les déchirerait pour que personne ne puisse les trouver, et qui passerait à autre chose.

Quand je suis rentrée dans mon appartement, à l'instant précis où j'y ai pénétré, j'ai eu l'impression très nette qu'un poids m'écrasait, qu'une chape de plomb me tombait sur les épaules. Le sombre des pièces, l'odeur de moisi, c'était tout à coup comme un avant-goût de la mort. Ça m'a fait vaciller, plier. Je suis sortie presque tout de suite de chez moi. Éjectée dans la rue, je me suis rendu compte que j'avais accompli tous mes voyages pour rien, ce n'était plus un pressentiment, c'était devenu une certitude, j'étais revenue au point de départ, rien n'était réglé. Je m'en doutais, je te l'avais dit, mais de l'apprendre comme ça, aussi vite, aussi violemment, sans le bénéfice d'un sas de décompression, cela m'a anéantie. Alors oui, j'ai pensé que je n'y arriverais jamais.

Aussitôt, j'ai pris une résolution : m'abrutir de travail et c'est ce que j'ai fait. Tous les jours je me suis présentée au journal, ils n'en croyaient pas leurs yeux, ils m'ont d'abord regardée comme une détraquée, accueillie comme une accidentée, il y avait de la commisération dans leur attitude, je le sentais bien, j'ai décidé de ne pas y prêter attention, j'essayais juste de tenir, de continuer. Je me suis comportée comme une affamée, une boulimique, en réclamant toujours et encore, je ne sais pas combien de sujets j'ai traités, combien de papiers j'ai écrits, une vraie poule pondeuse, on m'assurait que c'était très bon, le désespoir ça donne du talent, il faut croire.

Je ne relisais rien. Je sautais d'un sujet à l'autre, d'un reportage au suivant, d'un entretien à une critique, j'abordais des territoires inconnus de moi, je me mêlais d'affaires dont je ne m'étais jusque-là jamais approchée, je faisais n'importe quoi mais très bien visiblement. À un certain degré d'inconscience, on est capable d'exploits.

Je ne me souviens pas de ces prétendues prouesses. Je me rappelle uniquement mon énergie, cette manière de me dépenser, une hargne, tu en aurais été le premier surpris, toi qui ne m'as jamais vue autrement que dédaignant le temps ou le laissant volontiers filer.

Cette furie a duré plusieurs semaines, je ne saurais pas dire combien exactement. En l'occurrence, c'était ça ou mourir. Voilà, les grands mots sont lâchés. L'heure n'est plus aux minauderies. Car je peux bien te l'avouer maintenant, puisqu'il y a prescription, puisque le risque est écarté : je me suis demandé plus d'une fois quel intérêt il y avait à rester vivante si c'était pour mener une vie d'éclopée, de zombie. Toutes ces fois-là, je n'ai pas trouvé la réponse.

Mais je suis en vie. C'est ce qui compte, pas vrai ? Je n'ai pas franchi le pas. Pas choisi l'ombre. Pas eu assez de courage. Ou assez de fatigue. Oui, de fatigue plutôt. J'ai toujours présumé que les gens qui attentent à leurs jours ne font en fait que succomber à quelques secondes d'une fatigue trop lourde.

Je ne l'aurais pas fait, de toute façon. Même si Vincent n'était pas arrivé. Je sais cela, intimement, sans être en mesure de le démontrer. Y penser est une chose. S'exécuter en est une autre. Non, je n'y serais pas parvenue.

Et donc Vincent est arrivé. Je ne l'ai pas vu venir.

Un matin, il a été là, alors que je ne l'attendais pas. Il n'est pas reparti.

Je sais bien que je ne suis pas *obligée* de te raconter comment cela s'est passé. D'autant que tu ne goûteras guère cette « impudeur », mon « manque de tact ». Tu n'iras pas jusqu'à parler d'obscénité mais c'est uniquement parce que tu te censureras. La vérité, c'est que je *tiens à* te raconter comment cela s'est passé. Je ne t'ai jamais rien caché. Tu sauras tout jusque-là. Rien au-delà.

Ça a commencé par une question. Celle que je lui ai posée tandis que je m'installais face à lui, dans un café de Saint-Germain. Ça a commencé par un « Comment allez-vous ? ». Difficile de faire plus banal. Il était l'avocat en vue du moment, le défenseur de la famille des victimes dans une affaire d'attentat très médiatisée. Moi, la journaliste désignée pour l'interroger.

Tout de suite, il m'a paru plus jeune qu'à la télé, moins sûr de lui, moins expérimenté ; son discours très ferme, très rôdé devant les caméras laissait présager autre chose. Je l'ai donc questionné sur son âge très vite. La curiosité a pris le pas sur le reste mais ça se pose, cette question, non ? Dans un contexte professionnel. Quand il m'a fourni sa réponse, je me suis surprise à faire le calcul dans ma tête, à me demander combien d'années nous séparaient. Une telle réaction aurait dû me mettre la puce à l'oreille. Ce n'est pas vraiment une réaction normale. Dans un contexte professionnel, il s'entend.

Quatre.
Quatre années nous séparent.
Je suis la plus vieille des deux.

Instantanément, j'ai pensé : il n'est pas pour moi. C'était idiot, bien sûr. Hors de propos. Mais c'est pourtant cela qui m'a effleuré l'esprit, en tout premier : il n'est pas pour moi, une femme comme moi n'a rien à faire avec un homme comme lui, l'écart entre nous est trop grand, rien ne peut le combler. Dommage.

C'est bien le mot qui s'est imposé dans mon esprit : dommage.

Cinq minutes avant de le rencontrer, je ne savais rien de lui, sinon les quelques notes que mon assistante au journal m'avait préparées et que j'avais parcourues distraitement dans le taxi. Si, je te l'ai dit : je me rappelais son visage au journal télévisé, il ne m'avait pas paru particulièrement attirant, n'avait pas retenu mon attention. Et là, assise depuis à peine cinq minutes devant lui, je me mettais à calculer notre différence d'âge pour la considérer aussitôt comme un obstacle à une éventuelle relation.

Je ne rêvais pas d'une relation avec lui, ni avec quiconque d'ailleurs, je t'assure. Alors pourquoi cette attitude ? Même aujourd'hui, je ne saurais pas l'expliquer. Cela me dépasse absolument.

Il n'y a pas eu de coup de foudre, j'en suis certaine. Non, même si cela y ressemble. Le coup de foudre, c'était déjà fait, déjà pris, ça t'avait été réservé.

C'était autre chose. Un ralentissement, en fait. Dans cette course effrénée et vaine qu'était devenue mon existence, cet homme m'a donné envie de ralentir, de reprendre mon souffle, de prendre le temps. C'était déconcertant, tout à coup, ce désir de lenteur, l'envie que le moment ne se perde pas trop vite, l'envie de le retenir. Tout à coup, il n'était plus vital de courir, je pouvais m'arrêter sans chuter, je n'étais plus ce cercle fou entraîné par son mouvement, j'étais capable d'une certaine immobilité, ou au moins d'une moindre vitesse. Comme si mon centre de gravité venait de se déplacer.

Lui, ne s'est rendu compte de rien, évidemment. Il ne soupçonnait rien de ma vie, de son allure, il devait se dire que j'étais une femme énergique, peut-être agitée, croire que tous les journalistes à Paris sont ainsi, ou s'en donnent l'apparence. Il n'a même pas senti que mon pouls se calmait, trop occupé à réfléchir à ses réponses. Il ne m'a pas beaucoup regardée, pour être tout à fait honnête. Un décalage supplémentaire s'est installé entre nous : il n'a rien perçu de ce qui advenait devant ses yeux.

Et c'était beau, ce décalage, sur lui, cette distraction, son inadvertance. C'est ce qui m'a émue, c'est ce qui m'a fait stopper mon interrogatoire et lui sourire. Il y a eu ça, ce comportement incongru, mon silence d'un coup, et puis, après quelques secondes blanches, mon sourire. À son tour, il s'est arrêté de parler. À ce moment-là, il a compris qu'il se produisait quelque chose. Il s'est mis à m'observer, pour la première fois. N'a pas pu faire autrement. À cause du silence, du sourire.

Ça n'a pas duré bien longtemps, le mutisme. Juste assez en vérité pour que s'immisce une douce gêne. Pour que le pourpre monte à ses joues, qu'il esquisse à son tour un sourire et finisse par baisser les yeux. La timidité chez un homme est une faiblesse charmante. J'ai essayé de me remémorer en quelles occasions tu avais baissé les yeux, je n'ai pas trouvé.

Autour de nous régnait le désordre ordinaire d'un café, le ballet des serveurs, les conversations chuchotées, le tintement des verres, le crissement des chaises, le brouhaha général, rien ne s'est pas arrêté pour nous, nous n'étions pas dans un film, tout a continué normalement, personne n'a relevé cet instant figé entre nous.

C'est le moment que Kléber a choisi pour faire son entrée. Pour un type éternellement en retard (dans mon souvenir, il est éternellement en retard mais peut-être que je me trompe, peut-être que je l'accuse injustement, toi tu saurais mieux dire s'il a vraiment ce genre de défaut), il visait juste pour une fois mais sans faire exprès : nous n'avions pas rendez-vous, bien sûr, et encore moins en cette seconde d'intimité pure.

Je n'avais pas revu Kléber depuis longtemps. Je ne l'avais pas revu depuis toi.

Je ne m'attendais pas à le retrouver là, ce n'était pas son quartier, pas ses habitudes. Son territoire à lui se trouvait ailleurs. Au demeurant, je prenais mes précautions, je ne me rendais jamais dans des endroits où j'avais ne serait-ce qu'une petite chance de croiser des gens d'avant, et toi en particulier, bien entendu. On prétend que Paris est tout petit, c'est vrai, pourtant j'ai réussi pendant tous ces mois à ne jamais t'apercevoir et à ne jamais tomber sur une de nos anciennes connaissances communes. La raison en est simple : je n'ai pas traîné dans le VIIIe arrondissement. Question d'hygiène.

Le monde des affaires, le tien pour faire vite, et celui du journalisme, le mien pour faire encore plus vite, ont élu domicile dans des points de la capitale très distincts, en gros George-V pour toi, Saint-Germain pour moi. Les probabilités de rencontre sont infimes car les possibilités de recoupement sont nulles (je me place du point de vue de la géographie). Cela aide à ne pas se croiser.

Mon intuition me porte d'ailleurs à croire que, de ton côté aussi, tu as veillé à respecter ces frontières invisibles.

C'était donc Kléber, l'intrus. Du reste, son entrée dans le café m'est apparue précisément comme une intrusion. Il a marqué la surprise et moi, la réprobation. Il a eu un mouvement de recul tandis qu'un rictus déformait mon visage. Cette première impression s'est dissipée immédiatement, nous étions entre gens bien élevés, nous nous sommes aussitôt salués chaleureusement, comme si nous nous étions quittés la veille mais je suis certaine que ma réticence première ne lui a pas échappé.

Passé le moment des retrouvailles, je me suis rendu compte qu'il me fallait présenter Kléber à Vincent et réciproquement. J'ai décliné leur identité. Cela te semblera grotesque mais de m'entendre prononcer le prénom et le nom de Vincent pour la première fois a créé une familiarité. Décliner l'identité de Kléber, en revanche, m'a pincé le cœur.

J'apporte ces précisions afin que tu ne disposes pas que d'une version de l'histoire. Car je suppose que Kléber s'est empressé de te rapporter cet épisode. Il est ton ami. Il a estimé que c'était son devoir, tel que je le connais.

Que t'a-t-il dit exactement ? Que Vincent était sans doute mon nouveau compagnon, puisque nous étions attablés, lui et moi, au vu et au su de tous, avec l'air de nous entendre bien, il a dû surprendre l'échange de nos sourires, la complicité, la proximité entre nous. Comme je n'ai pas jugé utile de lui expliquer ce que j'étais en train de faire, c'est-à-dire mon métier, il lui était loisible de se livrer à cette déduction. Il se trompait. En vérité, il était en avance. Il a fini par avoir raison.

S'est-il autorisé d'autres commentaires ? Du genre : « Elle a vieilli, tu n'imagines pas, elle fait vraiment son âge maintenant, on a l'impression que ses traits se sont affaissés, elle est toujours charmante, ne va pas croire, mais elle n'est plus la Louise que nous avons connue, ah non alors. » Ce serait bien son genre.

Je sais : il s'agit là d'un pur procès d'intention. Mais si tu répondais à cette lettre, ce que je ne te demande pas (en effet, pour la première fois, je t'écris une lettre sans escompter de réponse. et même pire : en escomptant que tu n'y répondras pas, puisqu'elle est un ultime geste de ma part, une manière pour moi d'en terminer, il n'est pas trop tôt), oui, si tu te manifestais, nierais-tu qu'il ait prononcé ces mots ?

Et toi, comment as-tu réagi ? Cela t'a-t-il étonné de me croire amoureuse, enfin ? Cela t'a-t-il fait plaisir ? ou irrité, un peu, va savoir ? As-tu interrogé Kléber pour en apprendre davantage ? Lui as-tu demandé à quoi Vincent ressemblait, ce qu'il faisait dans la vie ? Cela t'a-t-il énervé quand tu t'es aperçu qu'il n'en savait rien, qu'il n'était pas fichu de t'aider, de t'éclairer ? C'est possible. Tu n'as jamais aimé que les choses t'échappent, ou qu'elles ne soient pas nettes, tranchées. Le flou, l'imprécision ne sont pas pour toi.

Ou plus simplement t'es-tu montré indifférent au récit qui t'était fait, te contentant d'acquiescer pour la forme, t'affairant déjà à autre chose ? As-tu accueilli la nouvelle avec la plus grande froideur, une distance non feinte, comme tu le fais d'habitude avec ce qui ne te concerne pas directement ? C'est plausible. Ce serait logique. Et tu es un homme logique.

Toutefois, après cet intermède du café, j'ai envisagé de t'écrire, dans le but de rectifier les approximations auxquelles allait inévitablement céder notre témoin. Toujours mon souci de la vérité. Toujours aussi cette volonté que tu tiennes tes informations uniquement de moi. Mais j'ai renoncé. J'ai pensé : à quoi bon ?

Je me suis dit : si je suis capable de penser cela, « à quoi bon ? », alors c'est que je vais beaucoup mieux, je me détache de lui.

Je dois à l'honnêteté de reconnaître que ce qui se nouait au même moment avec Vincent m'a aidée à ne pas accomplir ce pas vers toi.

Nous n'avions rien à nous dire, Kléber et moi, nous nous sommes séparés très rapidement, il a dû te le raconter. C'était assez déplaisant d'être comme ça, deux arbres morts, mais c'est la vie, je suppose. Le temps qui passe et nous éloigne. Qui nous entraîne dans des directions distinctes.

Nous n'avons pas parlé de toi, pourtant le seul sujet que nous avions véritablement en commun. Je ne me suis pas retenue de le faire : la situation ne s'y prêtait guère, et puis je n'ai jamais cherché à t'évoquer devant un tiers, je t'ai toujours gardé pour moi, vivant avec toi dans le plus grand secret pendant si longtemps ; le goût du secret m'est resté, au moins celui de la discrétion. Lui s'est mordu les lèvres, je le voyais bien, ça le brûlait de me donner de tes nouvelles, c'est la présence de Vincent qui l'a contenu dans le silence, qui a étouffé ses révélations. Il en était marri visiblement, il a toujours été un peu bavard, et puis il est de ces gens qui lâchent des informations pour se gonfler d'importance. Son mutisme obligé m'a presque arraché un sourire.

Je n'ai jamais porté Kléber dans mon cœur. Il appartenait au camp de Claire. Il n'a cessé de me considérer comme une usurpatrice. Au nom de quoi devrais-je m'interdire de lui en vouloir ? J'ai la rancune tenace, j'assume.

Il s'est installé à une table assez éloignée de la nôtre. Je ne lui ai plus adressé un regard. Je ne l'ai même pas vu quitter le café avant moi. Lorsque j'en suis sortie à mon tour, beaucoup plus tard, accompagnée de Vincent, j'ai simplement aperçu qu'il n'était plus là. Sa disparition, sans qu'il soit venu me saluer, ne m'a pas émue. Au contraire, elle signifiait que j'étais peut-être enfin capable d'en finir avec mon ancienne vie et ses fantômes.

Revenons donc à l'homme assis en face de moi. Je me rappelle son trouble tandis que j'échangeais des propos sans relief avec Kléber. Je supposais qu'il se sentait en trop au milieu de ces retrouvailles, je l'apercevais un peu maladroit, s'efforçant de ne pas s'intéresser à une conversation où il n'avait pas sa part, s'inquiétant peut-être du retard que nous étions en train de prendre, songeant déjà à son prochain rendez-vous, je me trompais, je l'ai appris de sa bouche plus tard. En réalité, il songeait au sourire échangé avant l'interruption, à cette intimité foudroyante surgie sans s'annoncer, il se demandait s'il ne l'avait pas inventée, s'il ne s'était pas mépris, il se demandait ce qu'il convenait d'en faire si d'aventure tout était comme il l'imaginait. Il aurait pu mettre à profit la diversion occasionnée par l'arrivée de Kléber pour débusquer des réponses, une réplique, mais sa confusion était trop grande. Elle était même patente. Je ne pouvais pas présumer qu'un homme dont la profession exigeait tellement de sang-froid et une maîtrise du verbe était capable d'autant de timidité, de gaucherie. C'est ce qui m'a séduit chez lui. Il était le contraire de toi.

Sa jeunesse m'a désarmée aussi. Tout à coup, je ne voyais plus que les traits fins, l'épiderme sans aspérités, les cheveux bouclés, et plus du tout les lunettes rectangulaires qui lui font l'air sérieux, les épaules étroites, l'armature fragile sous le costume sombre impeccable, les mains blanches, nerveuses, adolescentes. J'ai pensé : cette jeunesse, c'est exactement ce qu'il me faut. J'ai dû avoir un regard vorace.

Et lui, j'ignorais ce qu'il observait chez moi. Je redoutais qu'il s'attarde sur les rides au coin des yeux, le maquillage approximatif, le corps alourdi, et cette robe ridicule enfilée en vitesse, moi qui ne porte que des jeans. J'avais déjà peur de son jugement, de sa réticence, j'évaluais les efforts qu'il me faudrait déployer, les défauts à dissimuler, j'étais vaincue d'avance. Tu te rappelles combien je manque de confiance en moi, sur ce plan je n'ai pas varié.

Pourtant, je croyais discerner chez lui de la bienveillance. Une clémence. Peut-être davantage, un intérêt. Mais est-on jamais sûr ?

Il a mis fin à ce faux suspense. Il a juste dit : « Vous allez être obligée de mentir, oui, d'inventer un mensonge aux gens de votre journal pour expliquer pourquoi vous leur revenez sans l'entretien promis. Car nous n'en sommes plus là, vous et moi, n'est-ce pas ? » L'histoire pouvait commencer.

Je ne sais plus combien de temps nous sommes restés dans le café. Ni ce que nous nous sommes dit. Ça n'a pas tellement d'importance.

Je frémissais, Clément, imagines-tu cela ? Je frissonnais. J'étais secouée de tremblements, parcourue par des secousses, je tentais de me dominer sans y parvenir, ça devait se voir, cette désarticulation du corps, la perte de contrôle, les convulsions intimes.

Et, pour lui, c'était pareil. Il n'en menait pas tellement large, il avait la tension des débutants, le souci de ne pas commettre d'impair, mais il butait sur les mots, sa langue fourchait, sa bouche était asséchée. Je ne t'ai pas vu ainsi, dans les premières heures de notre amour.

Comprends-moi : je ne te reproche rien. Simplement c'est avec lui et non avec toi que j'ai découvert la fébrilité, et puis une sorte de ferveur partagée. Découvert qu'on peut s'abandonner, qu'il y a de la grâce dans l'abandon. Je ne l'avais pas appris de toi. Toi, tu m'assurais qu'il fallait conserver l'entier contrôle de ses sentiments, que les êtres doués d'intelligence ne se laissent pas aller, je te croyais.

Une alternative s'est ouverte devant moi. J'ignorais qu'elle existait. Je m'y suis engouffrée.

Aujourd'hui, avec le retour de l'été, avec la belle lumière, les reflets dans les fenêtres entrouvertes, j'ai l'impression que Paris ressemble à une peinture de Bonnard, c'est éclatant.

Je te dis les choses comme elles sont parce que je suis persuadée que ma franchise ne te heurtera pas. Je connais ta capacité d'indifférence, n'ayant rien oublié de la distance que tu as installée entre nous, tu ne saurais être blessé par cette révélation. Sans doute n'iras-tu pas jusqu'à te réjouir de mon sort, tu as un fond de jalousie et un goût de la compétition qui t'empêchent de t'enflammer pour le bonheur des autres mais au moins tu présumeras que je ne t'importunerai plus, que je te laisserai tranquille désormais. Tu ne regretteras pas mes jérémiades, c'est évident, tu regretteras simplement ce qu'elles signifiaient : le reliquat de mon attachement à toi.

Que je te dise encore, puisque le moment est aux aveux : j'envisage à nouveau sérieusement d'avoir un enfant. C'est un peu prématuré, j'en conviens, ces choses-là exigent d'y penser longuement. On ne fait pas des enfants sur un coup de tête, ou simplement parce qu'on en est capable, ou encore parce que cela peut sauver les couples de la monotonie, de l'ennui. C'est un choix, une décision mûrement réfléchie. Tu vois, je n'ai pas effacé de ma mémoire ce que tu me serinais. Sur ce point, au moins, de toute façon, nous étions d'accord.

Pourtant nous en parlons, Vincent et moi, et c'est chaque fois une conversation douce, raisonnée. C'est énorme déjà, le seul fait d'en parler. D'accepter d'aborder le sujet. Cela veut dire que tout est possible. J'avais fini par admettre que tous les possibles n'étaient plus pour moi.

Depuis ton départ, et même avant lui si je suis parfaitement honnête, j'avais fait le deuil de la maternité. Implicitement. J'avais renoncé à devenir mère, certes sans me l'avouer, mais cela ne faisait pas de doute dans mon esprit. Je me disais : mon tour est passé, c'est trop tard maintenant, je suis trop vieille, et l'homme avec lequel je les voulais, ces enfants, cet homme-là m'a quittée.

Ce n'est pas rien, un renoncement pareil. Existe-t-il plus grande abdication pour une femme ?

Presque toutes les femmes rêvent de devenir mère, je ne sais pas pourquoi, c'est ainsi, un truc hormonal sans doute, un désir incontournable, et moi je n'ai pas échappé à la règle Apprendre, un jour, de ta bouche, que l'enfantement me serait refusé, dénié, m'a anéantie. Tu ne t'en es pas aperçu : je sais parfois encaisser les coups sans rien laisser paraître mais j'ai eu le souffle coupé, le soir où tu m'as annoncé que tu n'avais aucun désir de paternité. Je me souviens de ça : l'air qui se raréfie dans mes poumons, la gorge bloquée, la bouche ouverte, c'est passé très vite. Non, tu ne t'es rendu compte de rien.

Pendant quelques mois, j'ai tâché de lutter – jamais ouvertement, néanmoins – contre cette sentence, tenté d'infléchir tes sentiments, mais il m'a fallu me rendre à l'évidence : jamais tu ne céderais.

J'aurais pu te quitter alors, chercher un homme qui aurait accepté, lui, d'avoir des enfants avec moi mais je n'en ai rien fait, je crois même ne pas l'avoir envisagé. Rien ne me paraissait pire que de te perdre. Et je t'ai quand même perdu.

Oui, j'ai sacrifié les enfants possibles pour toi. Et tu m'as laissée. Mon sacrifice n'a servi à rien.

Toi parti, la question de la maternité m'a paru entendue pour toujours. C'était latent, c'est devenu patent : je ne serais jamais enceinte, je ne saurais jamais ce que c'est que d'être lourde et joyeuse et épuisée et capricieuse.

Et voilà que c'est concevable à nouveau. Je me serais souvent trompée, quand j'y songe.

Vincent ferait un bon père. C'est idiot, je m'en rends compte, d'énoncer les choses de cette manière, d'autant qu'une intuition ne vaut pas certitude, par essence, mais justement il est des intuitions plus sûres que la vérité elle-même : celle-ci en est une. Décidément, vous ne vous ressemblez pas.

Mais je me trompe peut-être encore : c'est bien ce que tu penses, ne le nie pas. Pourtant, cette fois, j'aurai raison contre toi.

Pardon pour cette dernière remarque, que je ne biffe pas malgré tout parce que cette rancœur, c'est moi aussi, cette rage, tu me l'as inoculée, sans le souhaiter, et j'ai le désir de sortir enfin de la nasse, c'est un objectif que je suis en mesure d'atteindre pour la première fois depuis longtemps, j'entends ne pas laisser passer cette chance. Je suis une femme amoureuse à nouveau, donc fébrile, donc avide, je dois en finir avec toi.

Et je sais que tu me pardonneras cette pique, cette acidité. Si je te faisais face, tu m'envelopperais de tes bras et tu murmurerais : ce n'est pas bien grave, je ne t'en veux pas, c'est bien aussi lorsque tu t'emportes, c'est bien cette vivacité, ne regrette pas, tu ne m'as pas blessé, rien ne me blesse venant de toi. Tu avais le don de calmer mes sautes d'humeur, d'apaiser mes névralgies. C'étaient tes vrais élans de tendresse, les moments où tu me blottissais contre toi, après nos chamailleries, où tu t'excusais de ta rugosité, de ton inattention, où tu me chuchotais à l'oreille que j'étais adorable, que la colère me rendait plus belle encore, que tu n'étais qu'un imbécile. C'étaient tes seuls élans de tendresse. Alors je peux bien être un peu cassante, en mémoire de cette tendresse d'après les batailles.

Cela ne t'a pas échappé : Vincent et toi, vous êtes vraiment dissemblables. Pour sûr, on ne peut pas faire plus différents, à tous points de vue. Et cependant, sur un détail, mettons que j'ai estimé qu'il s'agissait d'un détail au commencement et finalement ça ne l'est peut-être pas tant que ça, vous vous ressemblez et cela ne cesse de me troubler : vous avez exactement le même regard. C'est tout à fait saisissant, et presque incroyable. J'ai espéré me tromper dans les premiers temps mais je me suis rendue à l'évidence : c'est absolument le même regard. Les mêmes yeux noirs, avec cette lueur terrible, qui peut faire peur, cette manière de regarder par en dessous, tête baissée, cette manière de fixer aussi, de s'immobiliser sur l'autre, qui me donne la chair de poule quelquefois. C'est une puissance, un regard pareil, chez toi ça ne m'étonnait pas, tu es animé d'une telle force, chez Vincent c'est plus surprenant, ça vient comme un démenti à l'adolescence de l'apparence, à la douceur de l'expression. Le même regard. Je n'en conclus rien. Je crois aux coïncidences.

Je ne lui en ai rien dit.

Au reste, je ne lui ai presque pas parlé de toi. Il connaît ton existence, bien entendu. Il sait le temps partagé, les amours chaotiques, la séparation. Je lui ai mentionné ton prénom, ta profession, ces choses à quoi on a recours pour définir les gens, pour les situer, mais guère plus. Je n'ai pas évoqué la violence des sentiments, ni celle de la rupture. Je n'ai pas dévoilé les raisons de mon exil, ni les lettres envoyées d'Amerique ou d'Europe. Il ne m'a pas particulièrement questionnée, je n'ai pas eu à lui mentir.

Je me tais pour ne pas l'effrayer. Je ne voudrais pas qu'il me considère comme une femme friable, vulnérable, ni comme une malade pas vraiment guérie et susceptible de rechuter. Je lui dissimule les entailles profondes que tu as laissées, aussi bien celles qui me font souffrir que celles qui racontent nos étreintes passées. Ainsi il n'a pas à redouter que je me perde à nouveau.

Je suis convaincue néanmoins qu'il a compris l'essentiel. S'il ne m'interroge presque pas, c'est parce qu'il dispose des réponses. Il ne mesure pas exactement l'ampleur des dégâts que tu as causés mais il la devine assurément lorsque, posant ses doigts sur ma peau, il épouse le creux de mes plaies. Ses caresses m'aident à les soigner, ces plaies, enfin.

À part le regard, je ne vois que des différences entre vous.

D'apparence, bien entendu. De sensibilité, surtout.

Vincent est un être discret et attentionné. Il a envers moi des gestes bouleversants. Entre ses bras, je ne me sens pas comme une éclopée mais plutôt comme une enfant. Il ne cherche pas à me protéger ni à me corriger, s'émerveille plutôt de mes maladresses. C'est tellement agréable, ce retour aux années de l'insouciance. Cet homme me rend à l'innocence.

Il n'hésite pas à prononcer des serments amoureux. Il n'a pas besoin de nous sentir en danger pour cela. Lui. Vrai, c'est un sentimental. Il en reste. Il ne croit pas que les mots d'amour soient des gros mots. Il ne considère pas que confesser son penchant soit déchoir. Tu prétendrais que ce sont là comportements féminins. Je t'écouterais, un peu désolée. Je ne prendrais pas la peine de te convaincre. De te convaincre de ton erreur.

Le ton que j'emploie, je m'en rends compte, te semblera nouveau : il est celui d'un être qui a repris le dessus. Qui traite avec toi d'égal à égal. Il n'est pas empreint d'agressivité. Simplement marqué du sceau d'un certain apaisement.

En effet, j'ai redécouvert cela, que je pensais à jamais égaré, la paix, la sérénité. Ce sont des sensations que j'avais oubliées. J'étais nouée, traversée de tensions et voilà que je n'ai plus jamais mal dans la nuque, j'abandonne cette raideur involontaire du corps qui me venait quelquefois, je me sens calme.

Ne t'inquiète pas de mon exaltation, je sais parfaitement la précarité des amours mais il me semble que je ne perdrai pas Vincent. En tout cas, lui, je ne redoute pas à chaque instant de le perdre.

C'est une puissance extraordinaire que procure le calme. Tu le sais mieux que moi : tu es d'une tranquillité stupéfiante. Mais toi, c'est au prix d'efforts gigantesques. Moi, je n'ai rien à faire pour y parvenir. C'est comme ça désormais, c'est tout.

Je ne te nargue pas. Je te l'ai dit : je te raconte les choses comme elles sont. En cela, je fais preuve de cohérence. Je n'ai jamais cherché à me montrer autrement que je suis.

Tu ne manqueras pas d'être irrité, de prime abord, par ma métamorphose, ou plutôt par son caractère « ostensible ». Cela te passera vite, allez, je te connais, il suffira que tu te dises : « À quoi bon ? Toute cette histoire appartient au passé. Et puis tant mieux si elle va mieux. Cela n'a plus d'importance. »

Et c'est sans doute vrai : cela n'a plus tellement d'importance.

Je ne marche plus dans tes pas, je ne suis plus un petit chien, je me suis affranchie de toi, ce qu'on peut aussi énoncer autrement : je t'ai débarrassé de moi.

Cela ne me heurte plus de comprendre que nous avons emprunté des routes différentes. Tu as ta vie à vivre avec Claire, ça ne me concerne pas, je me tiens au-dehors, ce n'est plus difficile. Tu as ta carrière à mener, ce n'est pas méprisable, je suis certaine que tu continues de très bien te débrouiller, tu as tellement de charme et d'aplomb, ils doivent te faire confiance, tu as toujours su entraîner les autres. Moi, je vais tenter de poursuivre mon chemin, Vincent se tient à mes côtés. Je me suis enfin décidée à écrire mon livre, cela fait des années que j'y songe, tu m'encourageais à le faire, j'étais réticente à sauter le pas, je me sens prête aujourd'hui pour la première fois, je vais me lancer, j'ignore ce que ça donnera, ce qui importe c'est d'essayer, de vérifier si j'en suis capable, et si ça ne marche pas ce ne sera pas grave, au moins je n'aurai pas de regret, et puis j'ai mes articles, c'est un exercice qui me plaît, un rythme qui me convient, je ne suis pas inquiète.

Je sais que nous nous reverrons un jour. C'est fatal. Nous ne pourrons pas éternellement nous éviter. Le hasard nous remettra forcément face à face. Oui, disons le hasard, c'est commode, passe-partout. Ce sera dans Paris, bien sûr, dans une rue encombrée de voitures ou aux abords d'un parc. Tu sortiras d'un rendez-vous, un peu pressé, je serai là à flâner sans intention particulière, je relèverai la tête et, d'un coup, tu occuperas tout l'espace de mon regard, tout se réduira soudain à toi, tu t'immobiliseras à ton tour, tu stopperas ta course, après un bref, un très bref mais perceptible moment d'indécision. Cela me rappellera ce rêve que je faisais avant, celui d'une rencontre imprévue. Nous serons gauches, hésitant à nous embrasser, refusant de nous serrer la main, ce serait ridicule, nous tanguerons. Nous nous sourirons, en baissant la tête, ou les paupières affolées. Nous aurons vieilli. Un peu, peut-être plus. Mais tu m'assureras que je n'ai pas changé. Et je te rétorquerai que tu as une mine superbe. Nous nous mentirons sans malice. Nous serons seuls, je veux dire : pas accompagnés. Ce sera un jour en semaine : Claire sera bloquée au magasin, Vincent plaidera au tribunal. Nous ne serons pas embarrassés. Il n'y aura que nous deux. Je crois que ce sera mieux s'il n'y a que nous deux. Tu me demanderas comment je vais. Bien. Je te dirai : je vais bien. Je ne te retournerai pas la question, tu y auras répondu avant, un peu précipitamment, cette précipitation sera touchante. Tu n'évoqueras pas les lettres, tu as du tact, tu ne voudras pas me mettre mal à l'aise, me jeter ces mauvaises semaines à la figure, ce naufrage, mais tu me fourniras un indice pour me faire comprendre que tu les as reçues, lues, ce sera une allusion, un sous-entendu, ce sera délicat, je n'y prêterai pas attention tout d'abord et puis ça m'apparaîtra, je te serai reconnaissante, je te le ferai savoir, par un geste, une parole appuyée, une évocation, je trouverai. Nous sourirons à nouveau, d'un sourire indiscernable et que nous distinguerons pourtant, nous nous connaissons si bien. Il y aura une sorte de gêne mais ce ne sera pas désagréable. Ça fera plutôt comme un frémissement. Je serai la première à te demander des nouvelles de Claire. Tu m'apprendras que vous vous êtes mariés, je ne te dirai pas que je le savais, je ferai semblant de le découvrir, je forcerai le trait, je ne suis pas très bonne comédienne, je te féliciterai, ce sera sincère même si ça n'en aura pas l'air. Tu diras : c'était une belle cérémonie, tu ne t'excuseras pas de ne pas m'y avoir conviée, ce n'était pas ma place bien entendu, ç'aurait été inconvenant. Tu diras : finalement, je me suis laissé prendre, on s'imagine qu'on ne fera pas comme tout le monde, mais pourquoi on ne ferait pas comme tout le monde, après tout ? Oui, pourquoi ? Tu diras : nous n'avons pas d'enfants, là-dessus j'ai tenu bon, mais pour combien de temps ? Tu admettras qu'il y a des chances que tu finisses par céder malgré tout, c'est la vie. Voilà, exactement, c'est la vie. Je te dirai : j'ai un petit garçon, Alexandre, c'est bien Alexandre, non ? Tu diras : s'il te ressemble, il est forcément très beau. Je me retiendrai de te dire qu'il a tes yeux. Parce qu'il aura tes yeux, ceux de Vincent. Mais peut-être cela m'échappera-t-il. Ça ne te fera pas rire, et moi non plus. Il nous faudra enchaîner sur autre chose. Le temps qu'il fait. Ce sera le printemps. Nous saluerons de concert le retour des beaux jours. Il y a des sujets sur lesquels tout le monde est d'accord. Il y aura des bruits de circulation autour de nous, des bruits de pétarade, de moteurs, le vacarme couvrira nos voix par moments, nous parlerons plus fort, tu te pencheras sur mon oreille pour répéter une phrase que je n'aurai pas comprise, je respirerai ton parfum, ce sera encore « Habit rouge », tu es fidèle, je t'en ferai la remarque, je n'emploierai pas l'adjectif fidèle toutefois, je ferai attention aux mots. Tu me demanderas si j'habite toujours rue Campagne-Première, je répondrai non, j'ai déménagé, tu me couperas d'un : dommage, je l'aimais bien ton appartement et je ne serai pas capable de continuer ma phrase, je sentirai quelque chose qui se brise, il me faudra deux ou trois secondes pour recouvrer mes esprits, tu feras celui qui n'a rien vu. Tu m'indiqueras que tu lis mes articles, pas tout le temps évidemment, mais souvent. Tu n'en diras pas davantage pour ne pas me causer de peine. Tu ne me questionneras pas à propos de mon livre, tu supposeras que je n'y suis pas arrivée. Je t'interrogerai sur ton travail, tu m'annonceras une promotion, des voyages en première classe, des nuits au Four Seasons de New York, tu glisseras New York dans la conversation, tu croiras me faire plaisir mais cette évocation me fera mal, New York c'était toi encore, et puis ton absence, c'était avant Vincent, avant que je m'en sorte, je ferai semblant de m'intéresser, tes phrases ne seront cependant qu'un bourdonnement et ça reviendra, je reconnaîtrai les sons, je reprendrai le fil. Tu ne prononceras pas le prénom de Vincent, il t'écorcherait, tu n'oseras pas, il te tiendra en respect, cela m'amusera. Tu as toujours rechigné, de toute façon, à ces familiarités factices. D'un coup, nous ne saurons plus quoi nous dire. Ce sera là, sur nous, sur nos visages, l'impossibilité de continuer. Tu refuseras que le silence s'installe, tu ne voudras pas de ça pour nous, cette misère, cette béance dégoûtante, tu prétexteras un rendez-vous urgent, à l'autre bout de Paris, tu lanceras : je suis déjà très en retard, mais ça m'a fait plaisir, tellement plaisir, de te voir, Louise, je t'entendrai dire Louise, ce sera doux. Nous échangerons en vitesse nos numéros de téléphone, tu auras sorti un calepin de ta veste, nous promettant de nous appeler bientôt. Tu replaceras le calepin dans la poche intérieure, tu hausseras les épaules, tu pencheras la tête pour prendre congé. Et alors tu m'embrasseras, tu prendras l'initiative de m'embrasser, tu poseras ta main sur mon bras tandis que tu m'embrasses, il y aura ça, ta paume sur mon bras nu, le toucher, ce sera étrange, douloureux, et nous nous redresserons et nous nous regarderons une dernière fois. Tu héleras un taxi, tu t'y engouffreras, tu me feras un signe derrière la vitre, pas un au revoir, plutôt un geste qui tenterait de retenir un instant, comme si on était capable de retenir les instants, je te répondrai avec le même geste, approximatif, inabouti et ce sera fini. Autour de moi, il y aura toujours les bruits de circulation, le mouvement de la ville, l'air vicié. Je demeurerai quelques instants immobile au beau milieu de l'agitation. Finalement, je me dirigerai vers un Abribus, mécaniquement, et j'attendrai le 38 pour rentrer chez moi, pour aller retrouver Vincent, à qui je ne dirai rien de cette rencontre, à quoi bon ? Assise là, sur le banc de l'Abribus, je me surprendrai à sourire encore.

Louise.

Table

Cet ouvrage a été imprimé en France par

CPI
Bussière

à Saint-Amand-Montrond (Cher)
pour le compte des Éditions 10/18
en février 2009

Dépôt légal : décembre 2007.
Nouveau tirage : février 2009.
N° d'édition : 4027. — N° d'impression : 090468/1